풀잎 이슬

글 · 사진 김병근

아호 광진 / 강릉 출생 춘천 거주
문학애. 신인상 등단
현)한국문인협회 정회원
현)시와늪문협. 문학관 정회원
전)문학애 강원지회장
개인창작시집 [풀잎 이슬]
동인지 참여 [문학애]. [한강문학]. [다향정원문학] [신정문학]. [남명문학]. [시와늪문학]. [강원문학].
시조집 참여 [글벗문학]. [신정문학].

김병근 창작시집

풀잎 이슬

초판 인쇄일 2022년 8월 30일
초판 발행일 2022년 8월 30일
지은이 김병근
펴낸이 장문정
펴낸곳 도서출판 그림책
디자인 이정순 / 정해경
출판등록 제2010-000001
주소 경기도 수원시 영통구 이의동 웰빙타운로 70
연락처 TEL070-4105-8439 (010)2676-9912
E-mail : khbang21@naver.com

풀잎 이슬

김병근

시인의 말

풀잎 이슬, 시집을 들고 비취빛 파라노마가 펼쳐진 490,4 킬로미터 7번 국도,
어둠내린 영진해변 금빛 모래사장을 혼자 쓸쓸히 걷고 또 걸었다
어제 나갔던 그길을 되집어 여전히 추억이 계속되고 있는 마음속 바닷가 파도가 지워버린 내 안의 나의 이름을 도깨비 촬영지인 영진 방사제에서 메밀꽃 한다발과 촛불 하나 켜놓고 그실루엣, 내 마음속에 영원히 새겨 놓는다.
바다물빛은 예쁘고, 갈매기는 멋지게 날고, 모래사장에 앉아서 유혹하는 청록 바다,
바라보며 파도멍을 하며 소라의 꿈이 책장 속으로 넘실대는 정겨운 풀잎 이슬, 시집속으로 들어가 잠시 쉬어 가자. 저 너머로 부서지는 파도가 내뿜고 있는 옥빛바다를 본다

인적이 끊긴 동해바다 아침 피어오르는 해무 숲에 서린 나의 부모님께, 이 풀잎 이슬 시집을 바친다.
문학에 배고픈 사람들에게 책 속에 알토란 같은시어들이 따뜻한 밥 한 끼가 되었음 하는 바람이고 글 한 토막에 가슴 설레는 사람들이 읽었으면 좋겠다
나는 무엇을 사랑하지?

- 2022년 8월 김병근 올림

김병근 창작시집

풀잎 이슬

1부 풀잎 이슬

2부 그리우니 섬이다

3부 적목련

4부 가시연 경포늪에 빠지던 날

5부 달맞이꽃

6부 능소화 이야기

7부 풀잎 이슬의 노래

1부

풀잎 이슬

풀잎 이슬

만나기로 한
약속도 없이
아침 산책길
걸었었는데

거짓말처럼
풀섶에서
너를 만난거야

내 마음에
쌓여 고인
눈물방울들이

너의 몸에
환생 되어
나를 기다렸나 보다

몇 방울 손에 담아
가져가고 싶은데
햇볕이 너를 먼저
데려가려 하는구나

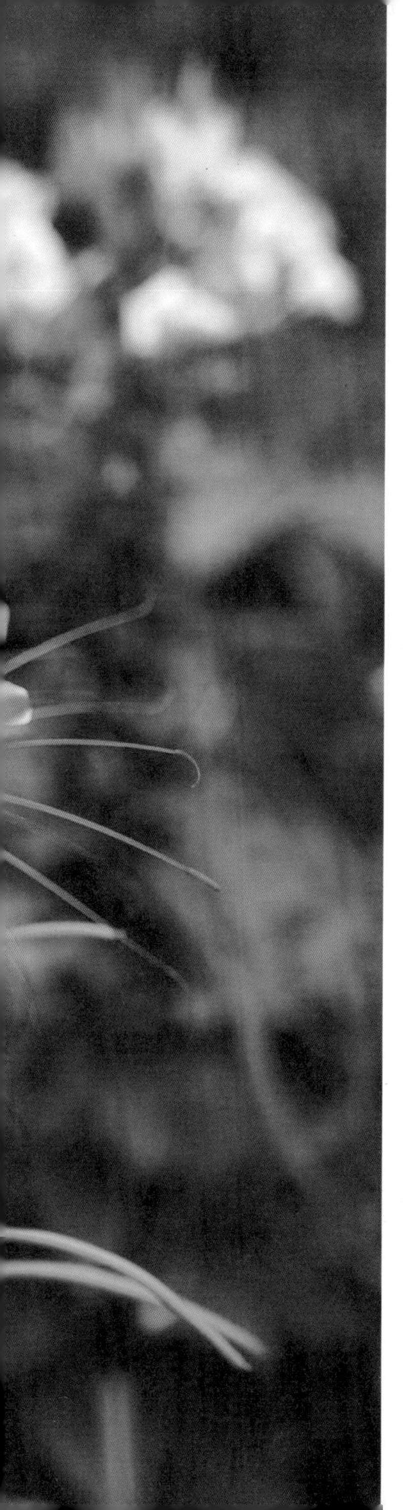

풍접초

별이 되려는 맘으로
은하수를 보았어

하늬바람 오를 즈음

서쪽하늘 밑
자작나무 가지 사이
눈썹달 걸치고

이슬 머문 새벽녘
너를 바라보고 있었던 거야

신의 섭리 저버린 채

임 사모하다 손발 여의고
그 서러움
꽃으로 환생한 너

못 다한 사랑 나비꽃 되어
훨이훨이 날아서
하늘가 피었던 거야

망개떡

청미래덩굴잎 사이에
내려앉은 반달아

꽃 피면
달 생각하고

절구에 거피 팥소
망개가 새 옷 갈아입었다

내 마음속 가득
각골난망(刻骨難忘)이로다

꽃보다 당신

한 땀 한 땀 매듭 찾아가는 길
백일홍과 노랑나비 한 쌍 수놓은
흰 옷보가, 내 어머니 그리움이다

잠든 텅 빈 공간 속으로
불현듯 쑥 밀고 들어오신 어머니
그리움은 입속에서 옹알이하듯 맴돌고

덧없이 흐르는 세월
한숨 소리 애닯어라
시곗바늘이 움직인다 깨끔발 하고서
생전의 지난 세월이 뒤돌아서 거꾸로
가고 있다

길 위에서 명파리를 묻다

저 북녘땅 해금강 엔
끊임없이 하얀 파도가 한가로히
밀려왔다 지친 생을 마감합니다

갈 수 없는 다리도, 녹슨 철길도
하나가 아닌 반쪽으로 덩그러니
쓸쓸히 아픔으로 다가옵니다

움켜질 수 없는 빛 바랜 칠월이
철조망으로 둘러쳐져 가슴을 찌르던
날
평화의 간절한 북소리가 와르르 무너
져 귓전을 때립니다

나는 지금 남쪽 최북단 땅
아름답다 못해 슬픈 명파리 도로 위를
무거운 두 다리로 걷고 또 걷고 있습니다

예쁜 해변 옆에 또 예쁜 고성 해변 명파리
평양면옥은 있고, 인간극장 명파리
그 소녀는 보이질 않습니다

금강산에 갇힌 명파리는 한 올 한 올씩 껍질속에
갇힌 채 폐허로 하얀 독백 한 조각
으로 다가오고

금강산 수, 해풍미 오대쌀 3키로가
빗속에서 눈물을 흘립니다

아스팔트 길 위의 머무름은
늘, 한 여름의 더위처럼 위태롭게
스며옵니다
어쩌다 지금 나는 길 잃은 철새가
되었습니다.

장미 없는 꽃집

고뇌의 빈 공간 엔
시절 인연이 있다

초연할 수만 없는 쓸쓸함에
계절의 흐름이 낯설고

실체 없는 허심에 쌓여
나쁘지 않은 이 겨울에
애써 되새김질한다

불현듯 사막 한복판에
뚝 떨어져
내 본연의 실체가 아닌

또 다른
내면의 깊은 곳을 꺼내어
만져보고 싶다

겨울 냄새가 한가득
저기쯤 모여앉아
나는 겨울별을 먹는다

꽃집 엔 그 흔한 장미가 없다

렌의 애가哀歌

물은 물길을 따라 흐르고
사람은 사람을 따라 걷습니다

물길처럼 이어지는 한 사람
바다로 이를 수 있는 것은

아직도 이별이 되지 못한
그대와 내가 있기 때문입니다

슬픈 흔적 앓이

만져지지 않는
떨림

채 마르지 않은
체취

기억의 저 편으로
희미한 발자국 소리

멀어져 간 차가운 달이
내 맘속에 가득 차 올랐다

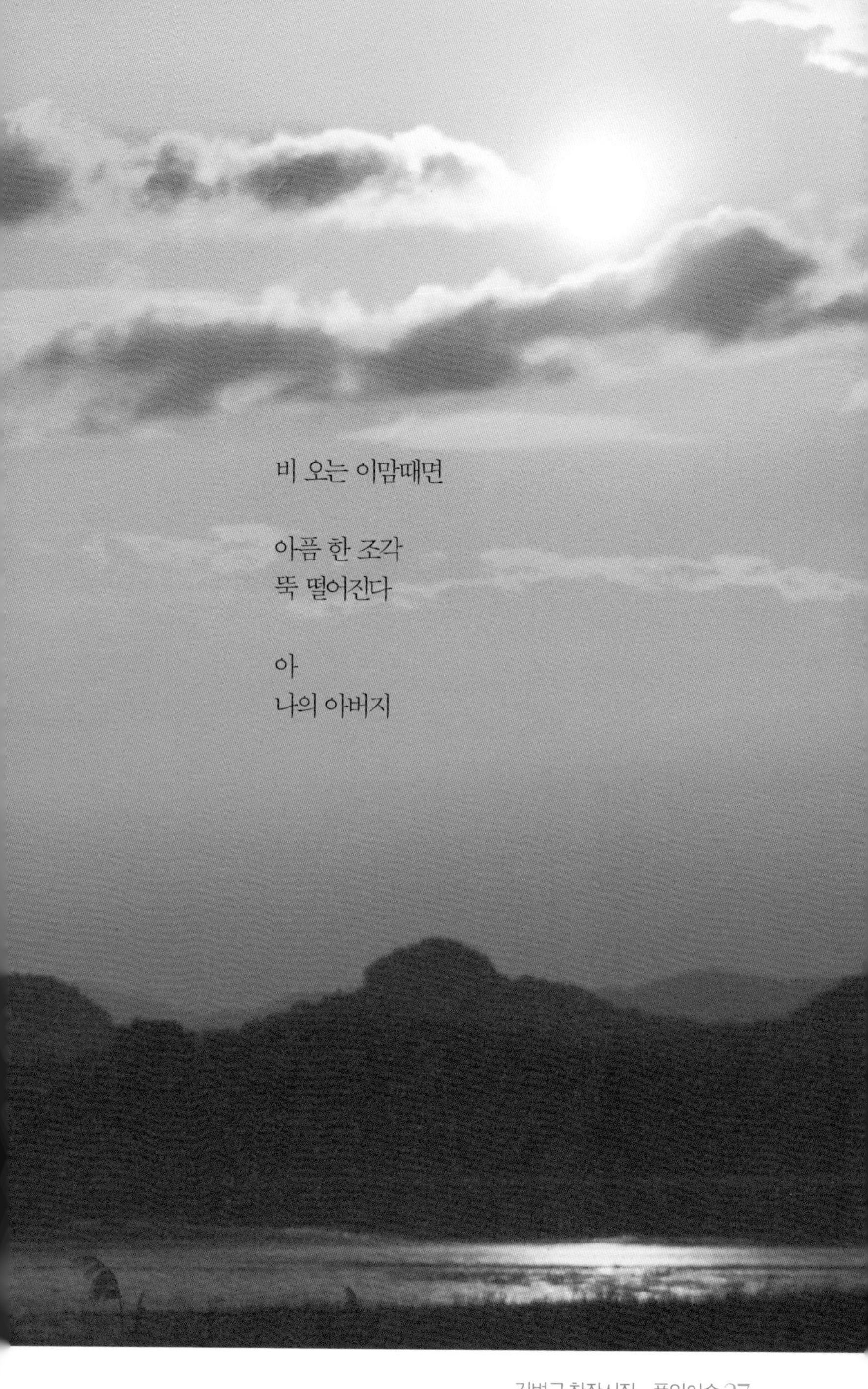

비 오는 이맘때면

아픔 한 조각
뚝 떨어진다

아
나의 아버지

동행

우중 월정이 아니라서 다행이다
명경 청수가 목 깡 하는 선 재 길 엔
병풍 단풍과 사랑에 빠진 두 아이가
구름에 달 가듯이 가는 나그네 인양
태움과 비움의 자연의 섭리를
한소끔 씩 떼놓는 걸음에서
자아를 찾아 세월을 되돌아본다

피톤치드와 음이온이 풍부한 연둣빛
숲길
무엇을 더 바라고 얻으려 함인가
청명한 하늘이 자작하니 함께 걷는 길
한 장의 그림 속에 펼쳐진
천년 숲 전나무 황톳길 그 길
있어서 없고 없어도 그만이다
가끔은 비가 되고 새가 되고 나무가
되고 싶다

함께라서 그저 행복할 따름이다
나름을 적응하며 소소함의 기쁨을
나눌 수 있는 마음에서 여유를 잉태하고
두 딸내미와 나 사이에
유유자적 사랑의 오대천이 흐른다

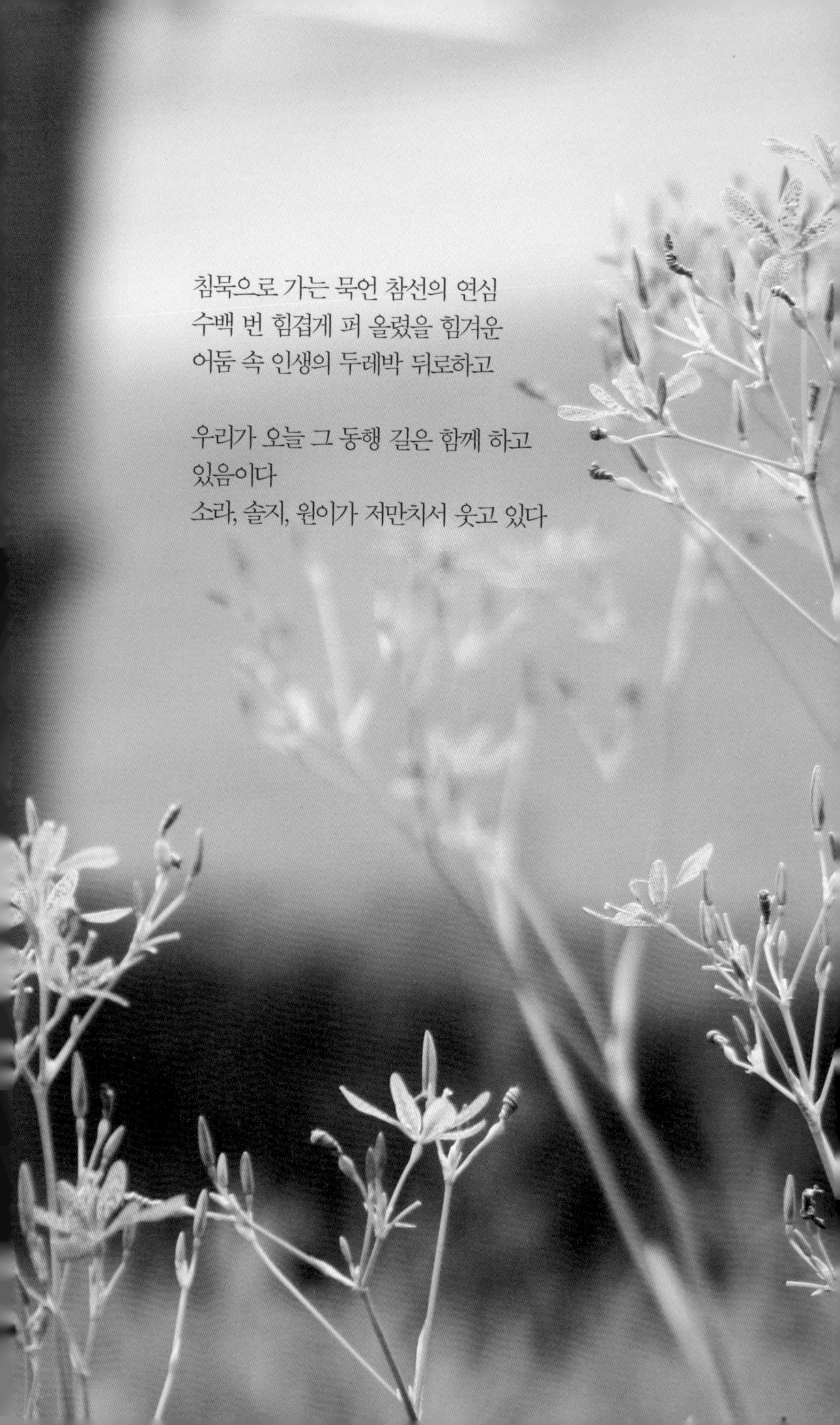

침묵으로 가는 묵언 참선의 연심
수백 번 힘겹게 펴 올렸을 힘겨운
어둠 속 인생의 두레박 뒤로하고

우리가 오늘 그 동행 길은 함께 하고
있음이다
소라, 솔지, 원이가 저만치서 웃고 있다

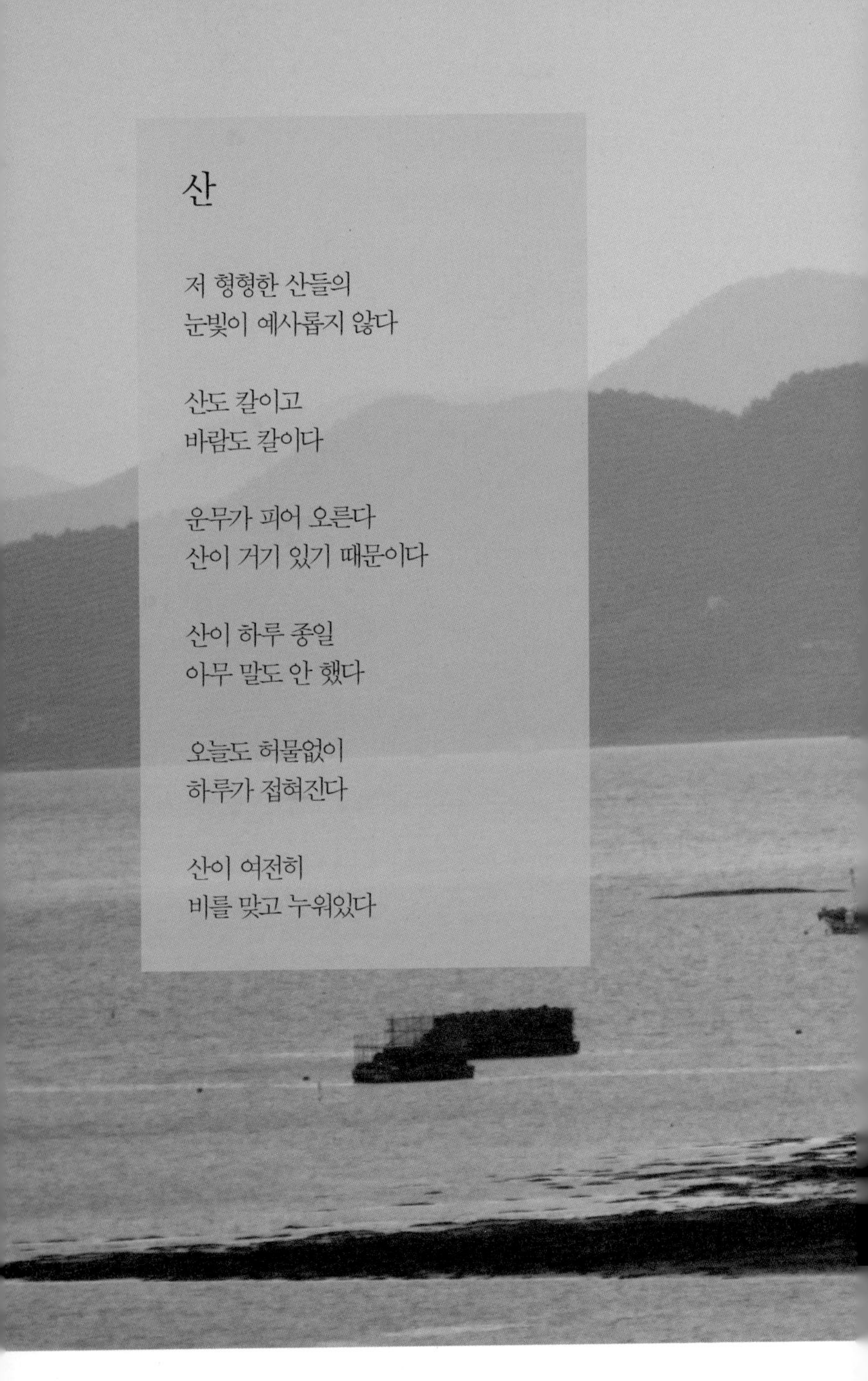

산

저 형형한 산들의
눈빛이 예사롭지 않다

산도 칼이고
바람도 칼이다

운무가 피어 오른다
산이 거기 있기 때문이다

산이 하루 종일
아무 말도 안 했다

오늘도 허물없이
하루가 접혀진다

산이 여전히
비를 맞고 누워있다

또바리

정수리 얹혀 괸
똬리가 좌불안석이다

들어 앉힌 물동이 물
엄니,가 갈지 걸음이시다

물 다 쏟아진다
호박잎 띄워라

세월의 덫

그저 돌나물이었다

담 밑, 쪼그리고 앉아
사랑을 캐던 반나절

물 김치가 익어간다

연기처럼 사라져간
새콤한 그 맛

눈시울 붉히게 해준
나의 어머니시여

동백꽃

어찌 다 말하리
그대 향한 이 마음
차라리 뚝 떨어져 더 붉은

강물 이야기

싹쓸이 바람이 비구름 몰고 와
붉지 물 한껍에 몰아친다
여름치, 차림 몬, 모두 사라지고
칠흑 밤 달이 몰락한다

쉼 없이 장마가 가을을 입질한다
강바람에 더딘 몸짓 물무늬로 걸쳐입고

바다로 간 사연을 파도에 귀띔한다
다리 위에서 낚싯대 드리운 사람들이
한가롭게 세월 한 닢 낚고 있다

그 길

다섯 개 연꽃잎에
쌓인 연심을 오대산에서 취한다

선재 길로 오르는
그 숲에 비가 내려도

우중 월정이라 괜찮고
흐르는 선재 청류
옥빛으로 넘실대는데

섶다리 병풍 단풍
열반 들 듯하더니

내 붉어진 시심 타오른다

길에서 가야금을 만나다

튕겨 여울지다
사계의 울림 너울
군더더기 하나 없는
고요 속 손짓 영혼
별, 숲에 내린 여운은
애잔한 풍경소리 떨림

2부
그리우니 섬이다

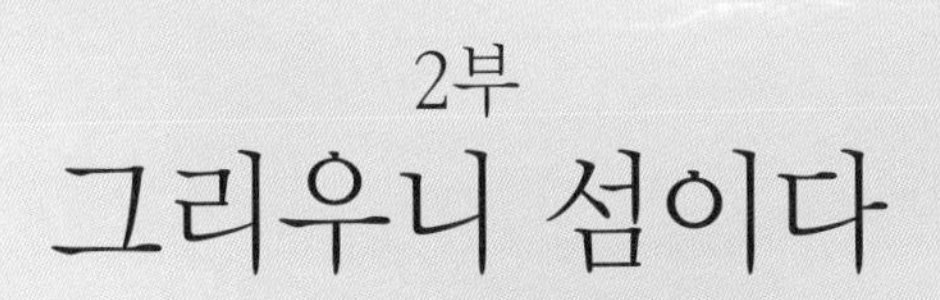

춘천에서 온 편지

우산 위로 떨어지는 빗소리 들으며
청량리행 경춘선을 타고 싶다
스치는 차창으로 비에 젖은 공지천이
북한강으로 꾸역꾸역 모여들어

외로움 한가득 엄습해 올 때
매콤한 닭갈비에 소주 한 잔이 그립다
흐드러지게 몽롱한 물안개
언제나 춘천이니 피어난다

봉의산 산허리에 고개 내민 두견화
봄의 실루엣이어라
막국수라도 마중물로
허기진 빈 마음을 채우고

블랙야크 100대 명산 삼악산 내려앉은
의암호에 처연히 드러누어
샛노란 유채꽃, 내 어머니께
우표 없는 그리움의 장문의 편지를 쓴다

영혼의 강은 소양강이다

강 건너 우두동에 불빛 하나둘 얼굴
내밀 때면
봄비에 겨울 때 씻은 소양강 처녀는
물결 같은 꿈, 물살로 펼치고
괜스레 기쁜소식이 기다릴듯한

노을 진 소양 2교로 지키며 서 있다
느닷없이 까닭도 없이 불쑥불쑥
가보고 싶어지는 곳
춘천이 그렇지, 춘천이니까

춘천은 지금
개나리꽃 만개한 봄내 길이
노란 물감 강물에 풀어놓은
한 폭의 수채화다.

지암리에 머물다

망막 속에 드리워진
희뿌연 운무 조각을
골 골을 감싸 안은 효우*

애처로이 헐게 벗은 가지 끝
매달린 물방울 하나
쓸쓸해서 눈물이다

초겨울 만산이
앙상히 바래가는 모습이
슬프다 못해 안타깝고

풍요 뒤의 말없이 찾아온 빈곤
흔들림은 보이지 않고
허공과 여백이 있을 뿐이다
도랑에서 희미하게 들려오는
버들치 깨우는 작은 물소리
빗소리 여미는 순간의 떨림으로

조심스레 비집고 들어가 보라
무엇이 보이는가
녹야는 어디에도 없고

아무렇게 뒹구는 비에 젖은
산비탈 낙엽 위로
하품하는 지암리* 눈꺼풀
천근이다

너무 춥다
지금 나는 간절하게
내 어머니 정지간*
아궁이 불꽃이 그리울 뿐

*효우 : 새벽녘에 내리는 비
*녹야 : 푸른 들
*지암리 : 춘천시서면에 있는 마을 지명

숨비소리

어머니의 소리
바다의 소리

턱까지 차오르면
내뿜는 휘파람 소리

저승에서 벌어
이승에서 쓴다

아기 새의 노래처럼 고운 소리
살아있음에 바다를 깨우는 소리

좀 여는 오늘도 바닷속에 있다.

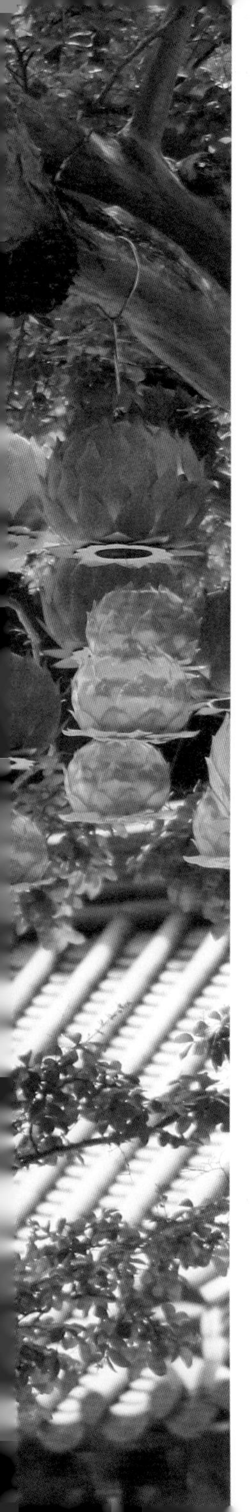

자연소리 풍경소리

무아지경 피어오르는
한의 선율 거문고 소리

노을 붉게 물든 들녘에서
들려오는 애잔한 워낭소리

천년 고찰 처마 끝에서
들려오는 정겨운 풍경소리

물안개 산벚꽃이 아름답게
피어나는 강촌의 봄 오는 소리

잔잔한 미풍에도 흔들리는
억새의 흐느낌 소리

투박하게 이어지는 손놀림
촌부의 한 가닥 새끼 꼬는 소리

세월을 잊은 집념
대목장의 매끄러운 대패질 소리

세월의 외로움마저 아름답다
고요 속 자연과 함께 이어지는

인내의 기다림의 시간들이
물 흐르듯 내 마음으로 들어온다

행복한 사람은 무엇으로 사는가

처음에 맛있는 것을 먹고
나중에 맛없는 것만 남는 게
우리네 인생이다

보릿고개 굶주림에서
다이어트를 걱정하는 현실

소중한 가치들이 사라지고
자식이 노후보험인 시대는 갔다

품앗이는 없고 내로남불이
넘실대는 사막에서
장수는 축복이 아니라
재앙 일수 있다는 생각이 문득 든다

나 하나 꽃 핀 다고
풀밭이 꽃밭이 된다고 생각 마라
너도 피고 나도 피어야 꽃밭이다

그 많던 노란 꾀꼬리는
다 어디로 갔을까.

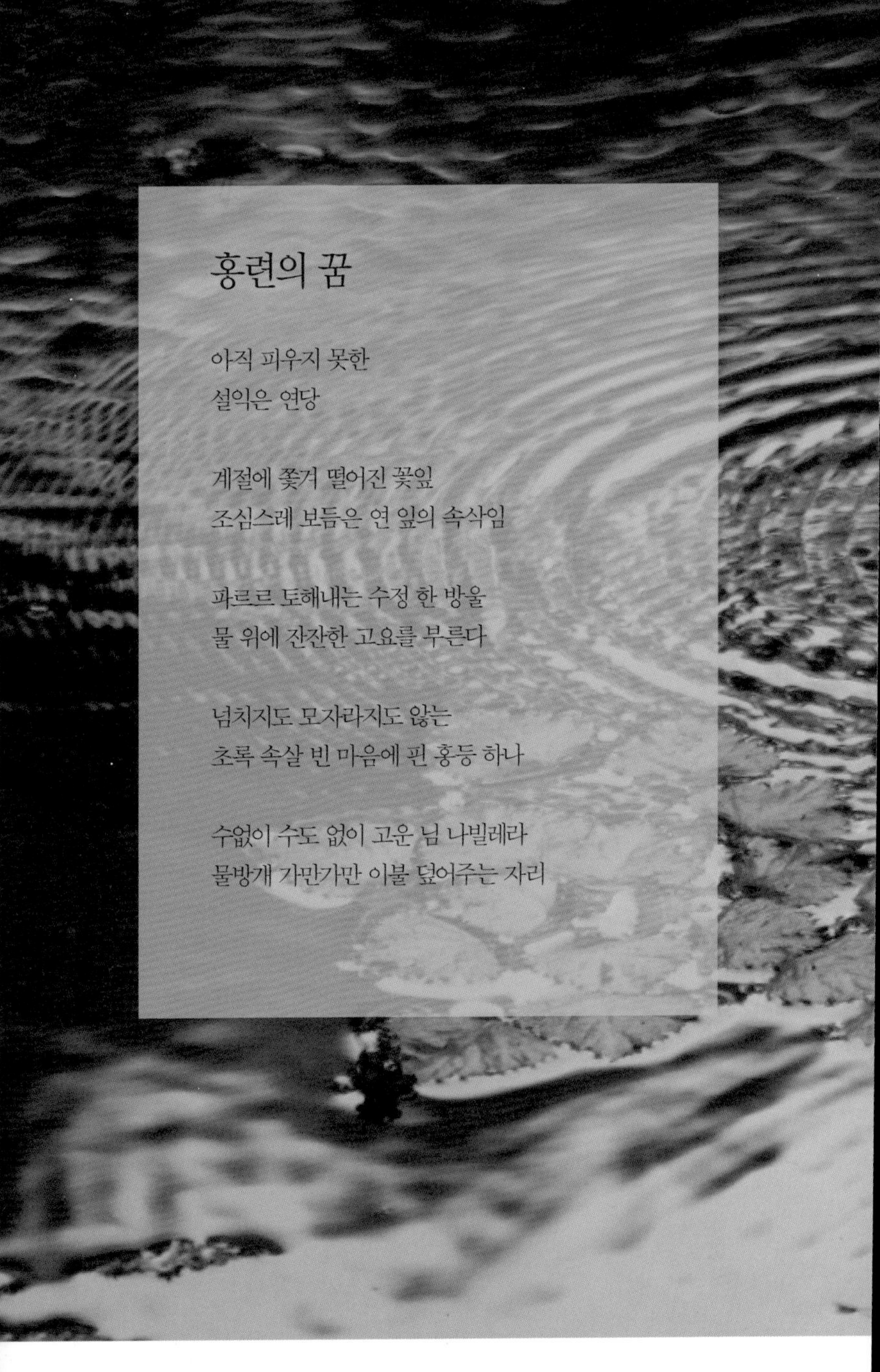

홍련의 꿈

아직 피우지 못한
설익은 연당

계절에 쫓겨 떨어진 꽃잎
조심스레 보듬은 연 잎의 속삭임

파르르 토해내는 수정 한 방울
물 위에 잔잔한 고요를 부른다

넘치지도 모자라지도 않는
초록 속살 빈 마음에 핀 홍등 하나

수없이 수도 없이 고운 님 나빌레라
물방개 가만가만 이불 덮어주는 자리

멍울

그대 머문 자리 그 아픈 흔적마다
그리움 쌓여 여우비 곱게 흐드러
지던 날

촉촉이 몸 적신 새초롬한 인생 하나
얇은 막 몽우리 열고 날숨을 토해낸다

갈구하는 몸짓은 언제나 그러하듯
또 다른 무언가를 찾으려는 빈 가슴
흔적

겹겹이 쌓이는 깃털 같은 억새의 갈망
하얀 결 따라 천근 몸은 하늘가 오른다

통념으로 가득 찬 하루가 지워진다
작은 기다림으로 위안을 전하는 행복의 미로 속으로

아픈 흔적들이 저마다 홀로 서 있다
삶도 어차피 피었다 혼자 접어가는
것이다.

봉평 하늘 아래 메밀꽃 피거든

노을 붉게 물든 들녘 워낭소리
황홀한 시간 지나 어둠 밀려오면
온 천지가 하얀 수채화 물결 일렁이고
달빛 아래 시간과 공간 멈춘다

목화처럼 하늘하늘 내려앉은
하얀 작은 메밀꽃 들판으로
구름은 정처없이 가자하고
외로운 나그네 발길 서성이게 할 때

바람마저 멈춘 고요 속 봉평
외딴 주막, 둘러멘 망태기 내려놓고
메밀묵 안주 삼아 탁배기 한 사발
흥에 취한 타령 가락 어둠 속에
스며든다

두둥실 휘영청 달빛
졸린 듯 달빛마저 잠든 밤
흠모하던 그녀와 맺은 슬픈 사랑
하얀 꽃으로 탄생되었다

오늘 떠나면 언제 오려나
당나귀 발길 멀기만 하거늘
세월 지나 어울목 끝자락
메밀꽃 흐드러지게 또 피거든

돌아올 기약하며 가는 나그네여
이별 아쉬움 한없이 쌓이는데
물레방아 덩더쿵 돌고 돌아 서글픈
시간
허생원과 동이 뒷모습 바람결 일렁인다

분꽃

아린
기다림으로

울 밑
햇살 머물고

뉘 기다리는가

백옥같이
분칠하여

가녀린 몸짓
너를 부른다

애달파
여리고 여린
한 송이 분꽃이여

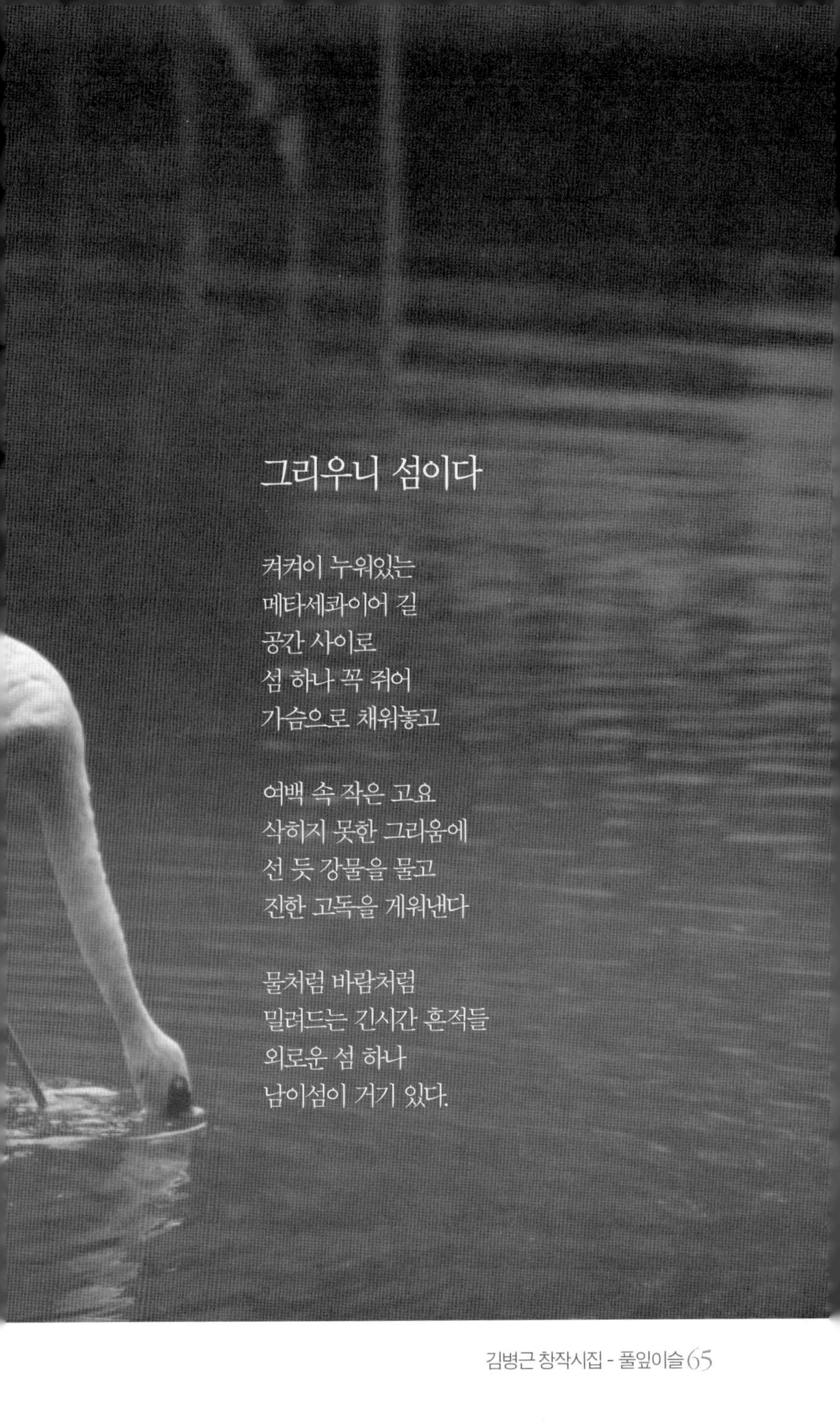

그리우니 섬이다

켜켜이 누워있는
메타세콰이어 길
공간 사이로
섬 하나 꼭 쥐어
가슴으로 채워놓고

여백 속 작은 고요
삭히지 못한 그리움에
선 듯 강물을 물고
진한 고독을 게워낸다

물처럼 바람처럼
밀려드는 긴시간 흔적들
외로운 섬 하나
남이섬이 거기 있다.

자작나무 숲엔 고독의 늪 있다

눈부시게
밥상 차려진
하얀 운둔의 뜨락

자작나무줄기 같은
어머니 손을 잡고
하룻밤 꿈을 꾼다

어둠 속 갈 곳 없는
하루가 버거워
자작자작
하얀 나비 한 쌍
애써 날개짓 하늘 오른다

고독해서 좋고
외로워서 더 좋다
반달눈썹 밀어의
속삭임도 괜찮다.

아버지 이제 웃으세요

열 손가락 마디마디 거북 등짝
굳어 가도록 일해서
열 식구 가장으로 살아내기가
얼마나 힘드셨나요

잎이 나기 전에 붉은 생채기 멍든
몽우리 터트린 상사화 슬픔처럼
서러워도 아파도 울지 못하고
살아생전 온몸으로 부딪쳤던 세월

하품 한번 마음 놓고 토해보지 못한
시간
볼 위에 하염없이 흘러내리는
미쳐 담지 못한 영겁의 눈물방울
어찌하여 인생길이 이다지도 고단한가요

식구 들은 많다 하나 거들 사람 하나
없고
참고만 살았던 서러움 한이
돌아오지 못할 강물 되어 넘쳐흐르고
아버지 힘겹게 마지막 노 저어가신다

엄니는 그런 아버지 모습 안타까워
꺼억꺼억 소리 없이 슬피 우시고
아버지 이제 모든 근심 내려놓고
마음껏 호탕하게 한번 웃으세요

아! 아버지 나의 아버지
잠 못 이루는 두견조차
슬피우는 무정한 이 밤에
웃으세요 해맑게 동이 틀때 까지

김원

팬다처럼 귀엽고
망아지 같은 천방지축

얍, 태권도 발차기가 하늘을 찌른다

팝송을 동요처럼 부르고
컴퓨터 게임에 심취한 꼬맹이

그 아이가 학교에 입학한다

아, 사랑스럽다
생각할수록 의젓하고 멋진 녀석 김원

고운 넋, 다시 피어나라

안타까운 이 마음을
미리 보여줄 수 없어
심장을 닫았습니다

번뇌의 해탈을 찾기 위해
꼬기고 깃
내안의 성벽을 쌓았습니다

살아있는 이유를 찾고져
외로운 망부석 되어
본래의 순간으로 돌아갑니다

아시나요
내 영혼 깨어 나는 날
오직 그대만을 위함, 이라는 것을

3부
적목련

밀어

감국 개미취 쑥부쟁이 구절초
들국화들이 가을비에 젖고 있습니다

감미로운 커피와 재즈의 음률에 젖어
그녀가 내게로 오고 있습니다

도착하지 않은 그리움은
기다림이 아닙니다.

밥은 먹고 다니냐

하늘도 예쁘고
달도 예쁜 날에

너마저 같이 있으니
금상 첨 하지 아니한가

꽃이 마음에 물들듯
나도 너에게 흠뻑 물들고 싶다

꽃한테 꽃이는데
무슨 이유가 있겠어
난 너하고 함께 있고 싶을 뿐

늘 변화는 있어도
변함은 없기를 바라

같이 마실 커피를
고민하는 우린
이렇게 행복이 넘쳐흐르고

오늘 날씨 진짜 좋다
꼭 너 같아 정말 좋아.

여백에 머물다

하얀 거짓말처럼
울컥울컥 토해내 뚝 떨어졌다

섧도록 핀 하얀 그리움
외로운 바람만 휑하다

횡격막 후미진 귀퉁이에서
시간의 흔적이 진다.

아버지와 솜틀집

30촉 백열등이 졸린 듯
작은 공간에 갇혀 흔들릴 때

축 처진 아버지 어깨너머로
보송한 솜털이 흐드러지게 핀다

멈추지 않는 시간의 침묵이
시린 달빛을 목마름으로 잉태하고

희뿌연 불빛마저 지친 사경
아버지는 팝콘 내린 하얀 목화밭을
걷는다.

송광사 가는 길

차가운 볼, 가르는 계곡 옥류
그 곁에 흐르듯 자리한
청계루 정취 아름답다

산새 지저귐, 바람 소리
조계산 황토 숲길엔
고요의 산사 아침을 깨우고

무 소 유길,
법정스님 청빈 뒷모습
계곡물에 서려 있다

나는 하마비 앞
온갖 소유욕 내려놓고
조계문 들어선다

삼보사찰 송광사가 거기 있다
좋은 절은 좋은 산을 품나 보다
이것이 있으므로 그곳으로 내가 행한다.

책 한 권 바랑 하나

산도 첩첩
골도 첩첩

하늘이 숨겨둔 땅
산과 구름 빼면
아무도 없다

외로운 절벽 위 암자 하나
둘도 없는 극락 정원

채워지면 비우고
비워야 채워지고

나 아닌 남을 위한 삶이
진정한 수행임에
산 위에서 길을 묻는다.

친애하는 광진

그곳에 가면 소년이 살고 있다
눈꽃이 스미고 건반 위를 넘나들던
푸른 바다 깊은 잠에 빠진 하얀 겨울

눈물처럼 녹아드는 아련한 그리움
영진해변 브라질 카페에서
찻잔에 풀어 지난한 삶을 나눈다

덧없는 세월 돌아보니
허기진 나의 영혼이 아프다

먹물 풀어헤친 어둠 깔린 바다엔
여행 끝낸 파도가 토해내는
하얀 물거품이 아픔만 더해지고

가슴 속엔 아직도 소년이 살고 있는데

적목련

더는 견딜 수 없어
더는 참을 수 없어

미처 여미지 못해
붉게 타다 터져버린

봉긋하게 드러낸
속살 고운 젖가슴

여인의 애틋한
님을 향한 그리움은

목필로 옥란을 치는구나

왕제골 41번지

수구초심이라

나의 태를 묻은 곳
새벽을 알리는
수탉이 홰를 치던

원초적 본향이
차지하는 의미의 그곳은

아무리 세월이 흘러
상전벽해가 되어도 나는 평생을
고향을 머리에 이고 살아간다

원두막처럼 왕제골은 우뚝 서서
오늘도 내 오아시스가 된다.

7월에 피어난 100일의 꽃

여름은 덩그러니 뙤약볕 나도 굴고
백일홍 힘겹게 신음질 토해낼 때

벗길 수 없는 산고의 고통이
한낮, 몸을 비틀며 허울을 벗고 있다

선혈을 토하듯 뜨거운 두근 거림으로
미세한 바람 작은 흔들림 속으로

무심히 마실 나온 뒤란 속 낮달그림자
살가운 뜨락 한편, 피어난 100일의 꽃

속절없이 홀연히 떠나보낸
흔들림의 세월 터널 속으로

백일홍과 범나비 한 쌍 수놓은
흰 옷보가 내 어머니에 그리움이다

그래도 오르리라 그곳으로

긴 시간 홀로 웅크리다
촛대바위 하늘벽 우뚝 선
구름이 토해놓은 용화산

턱 밑까지 차오른 거친 숨
밀어내며 주저앉은 텅 빈 가슴
저 많은 몸 짓이 서글피 흔들려도

호치키스 암벽 구간 네발 걸으며
파노라마 조망, 넋 놓고 바라본다

용이 되어 하늘로 승천한 만장봉 엔
전설 속 처절한 흔적 어디에도 없고
또다시 짓누르는 하산 고통 곱씹으며

떨어지지 않는 무거운 발길 내 딛는다
외로움 몰려오고 허탈한 허망 속으로
아 어쩌란 말이냐 명산 용화산 아

쉬어 가는 나무

흐르는 물과
지는 꽃이 세월이다

소양강 유속이 바람만큼 빠르게 흐르고
삼악산이 푸르게 물들어 간다

유월의 한낮 엔 햇살이 따갑다
선 듯 자연 앞에 나서기 엔
마음이 동하지 않는다

가는 세월 이기는 장사 없으니
그냥 한번 어쩌구저쩌구 살아가는
인생

누구의 발자국 하나 찍히지 않은
첫눈 오는 겨울날 만나기로 한

어느 사랑하는 사람을 만나러 가자
내 마음속에 이야기가 들려올지 모른다.

다랭이논, 눈물 한 방울

아름답다 못해 슬픈 곳
자식 입, 음식 들어가는 것과
다랭이 논, 물들어가는 것이

최고의 행복이고
한 폭 휘감은 수채화 풍경화

미려한 곡선 아름다움 붉게 물든
황금빛 다랭이 지겟길
한 뼘 논, 눈물 한 방울에

서러움 가득 거기 숨어운다

봄

계절이 거미줄에 걸려
추락 한듯

오늘 밤

뚝 떨어진

봄입니다

접동새 슬피 울던
산 너머로

반쯤 핀 두견화
애잔합니다

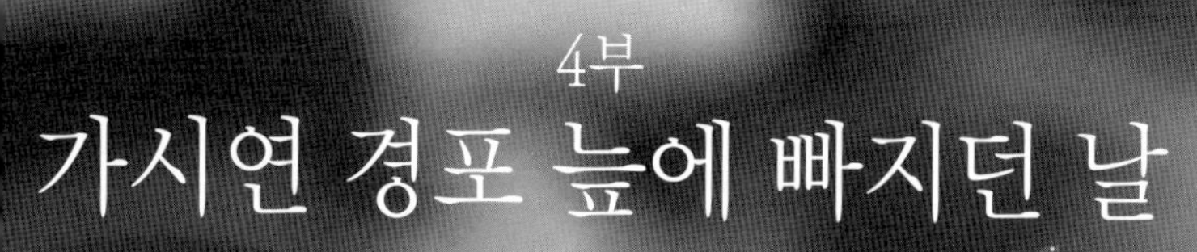

4부

가시연 경포 늪에 빠지던 날

도랑의 추억

마당 한켠 하늘재기 바지랑 대줄
널린 광목천으로
도랑물과 햇볕과 바람이 어우러져
염색의 결정체가 영글어 익어 간다

초여름 다슬기가 물장구치는 한낮
고즈넉한 마을 토담 사이로 흐르는
도랑 으로
버들치 마실나와 골목을 입질하고

생명의 기운이 넘치는 풀덤불 속에선
오스카 윤여정의 미나리 미역 감을 때
도랑에 배 띄우고 돛대 달아 세월
한 닢 유유자적 낚는다.

스치는 가장 아름다운 소리

초록 바람 한줄기 대숲 이파리
사각거리는 소리

보드란 바람 불면 사브작 거리는
갈대의 흔들리는 소리

노을 붉게 물든 들녘에서
들려오는 워낭소리

한겨울 자작나무 껍질 자작자작
불타는 소리

고요한 천년 산사에서 흔들리는
영혼의 풍경소리

그러나
이항복의 동방 양소 가인 해군성, 이
제일 압권의 아름다운 소리

* 동방 양소 가인 해군성 :
깊은 골방 안 그윽한 밤에
아름다운 여인의 치마 벗는 소리

어머니의 가을

밤공기 가르는
귀뚜라미 소리

풀숲에 앉아
날개 비비고 있을

베짱이 여치들이 내는
풀벌레 협주곡 속으로

부스스 깨어나신 어머니
인기척이 들린다

고추 손질하시나 보다
바스락 바스락 마른 수건으로

닦고 부비는 소리
빛바랜 초승달이 누워있다

연곡으로 오시거든

골 자락 이어진 동네마다
연분홍 진달래 곱게 피거든
연곡으로 오시라

살다 살다가 눈물겹게
내 살던 곳 그립거든
송사리 떼 부산하게

연곡천 오를때
오롯이 너를 품어주는
연곡으로 오시라

바람도 쉬어가고
구름도 쉬어가는
파도소리 가슴으로 와닿는 곳

그 옛날 묵은 이야기 그리운 날
내 고향 긴 제방 둑 거닐며
휘바람이라도 불자

삶의 한줌

개밥바라기의 처연한 몰골이
세상살이 한 편, 시름으로 녹아든다

지구의 절반이 어둠 속으로
뚝 떨어져 나가고
텅 빈 가슴으로 토해내는 회상들이
세월을 비껴간 낡은 흔적 하나

처마 끝 위태롭게 꺼꾸로 매달려
세상을 바라보던 수정 고드름은
어느 날 동굴속 석순이 되어
끝이 없는 미로 족쇄에 갇혀 버렸다

삶에 지친 애잔한 것들의 고뇌
몰락하는 달의 월광 사이로
상고대 수채화 꿈을 꾸고 있는 새벽

움추린 등골이 오싹 소름 돋듯 시린
옷깃
삭풍은 헐벗은 나뭇가지 끝에서 우는데

소금강

섬섬옥수 계곡마다
수려함이 깃들었고

형형색색 오색단풍
탄성절로 자아낸다

아홉굽이 구룡폭포
웅장함에 발길 멎고

명경같은 맑은 물은
찌든 마음 씻기운다

금강사의 풍경 소리
지친 걸음 쉬어가고

온갖 형상 만물상은
자연 신비 극치로다

초가삼간 세월을 품다

턱수염 웃자란 빛바랜 초가지붕
굼뱅이 방 빼고 허둥 지둥 이사 간다
청보리 밭고랑 하늘 높이 날아올라
목 놓아 이별 노래 슬피 부르던 종달이
뭉개구름 엮어 만든 조각배 노 저어
아이는 아흔아홉 보릿고개 넘고
싶었다
가난 굴레 바람에 빰따구 맞던
한적한 봄날
지붕 위 봉철 아재 육자배기 한 자락
탁배기 한 사발에 허공 맴돈다
철석거리는 하얀 포말의 파도
머리 감는 해질녘
끝이 없는 미로 속으로 멍하니
세월 한 닢 갉아먹고 있다

*빰따구 : 빰다귀의 강릉 사투리

봄날의 고래를 본 적 있나요

거친 파도 사이로
비릿한 해풍의
날갯짓이 퍼득인다

매일 그대와
눈을 뜨고픈
아주 작은 색바램

꿈을 꾸고 있다

속절없는 한 방울 눈물
등에 짊어진
삶의 무게 버겁다

세월 앞의 불멍이다

잠적

혼자만이 떠난 그 길
나를 찾아 떠난 그 길

샛바람 소리길에서 만난
시릿대 숲 자연의 소리

고요를 삼킨 풍경소리
세상을 등 진 산사가 거기 있다

언제부터 있었을까
매어진 나룻배 한 척

가시연 경포늪에 빠지던 날

외딴 용레 고독의 섬
그 외로움 절절하여 가시연 늪
생각이 멈추어진 공간
어쩌다 그만 허허실실 아무 생각 없이
경포 습지에 깊숙이 빠져든다

기다림으로 익숙해진
까맣게 타버린 주름진 가시연은
올해도 꽃을 피우지 않았다
영영 볼 수 없는 시선 어디쯤
물 위에 쏟아지는 햇살이 있을 뿐이고

다만, 잠자리 한 쌍 유유자적
노닐고 있을 뿐이다
설렘의 기쁨이 진흙 펄에 묻혀 뒹굴고 있다
아무리 기다려도 지치지 않는 느긋함을
내게 가르쳐 주는 너는 아름다운 늪이다

침묵의 시간마저 마다하고
불쑥 솟아오르는 늪의 웃음소리를 듣고 싶다
우연처럼 마주치는 순간이
내겐 정복이겠지만
언제나 빈손으로 돌아가는 아쉬움이
나를 슬프게 한다

아버지는 바다를 놓지 못한다

로켓 타고 하늘 오른다
잠수부, 당신의 이름

삶의 바다
수심 20미터 죽음 문턱

황제펭귄 오름길 귀띔한다

감아 병에 온몸이 아프다
이젠 그만 잠수복 벗고 쉬고 싶다

안반데기

구름도 쉬어가는 안반데기 운유길
안개인지 구름인지 분별이 헷갈린다

수확하지 않은 양배추밭과
멍에 전망대가 묘하게 조화를 이루고

구름의 모습이 수시로 변하는 형태가
참으로 멋지고 환상적이다

아무리 봐도 질리지 않는 전경
유유자적 구름도 쉬어가는 배추바다

너무나 아름다운 한폭 풍경화를
이렇게 실컷 볼수 있어 좋다

떡치는 안반처럼 넓고 우묵하고
새의 날개 모양 펼쳐진 안반덕

안개에 숨은 하늘에 풍력 발전기
마을의 빨간 지붕이 충분이 이국적이다

스물스물 노을이 지고 구름위의땅
차박의 성지 안반데기로 은하수가
내려앉았다.

누리

가을 들녘에 시나브로
살살이 꽃 피기 시작했다

해 맑은 하늘에선
여우비 민낯으로 왔다간 자리

산돌림이 뒤를 따른다

강가에서 스친 달보드레 한
임의 향기

님을 향한 그리움도
그루잠 속으로 빠져든다

개망초

한여름에 쏟아진 눈꽃
그대 생각에 하얗게 길을 밝힌 꽃
묵은 밭 자락마다 모여 선 꽃

그 길가
그 눈가에

첨 만난 낯설지 않은 밥풀 대기 꽃
돌담길 돌아 더위 피해
마실 나온 여름 이야기.

5부
달맞이꽃

감자 심는 날

산비탈 너머 경사진 밭 가장자리
키 큰 봉철 아재

막걸리 한 사발에
육자배기 한 자락

괭이 춤춘다

등진 봄볕발이랑 사이사이
씨눈 감자 덮이고
이마에 맺힌 송글송글 땀방울
이내 불어온 솔바람이 정겹다

어처구니*

참 어처구니가 없다

기어코 돌리지 못했다

맷돌 손잡이가 뚝 부러졌다

미처 생각지 못한

황당함에 어처구니가 없다

* 어처구니 : 맷돌 손잡이

지붕없는 미술관

점점이 펼쳐진
아름다운 섬, 섬, 섬

해무 속 숨겨둔
동양의 나폴리

한 폭 풍경화가
망원경 속에 숨었다

하나씩 찾아가
보고 싶은

저 까마득한 섬들의
백 리 길에

불일암

인기척 하나 느낄 수 없는
조계산 송광사 산내 암자 불일암
부처의 빛,
더함도 덜함도 없는 고요의 시간

시누대 숲길 댓잎 바람에
후박나무 여전히 쓸쓸이 잎을 떨구고

아무것도 갖지 않는게 아니라
불필요한 것을 갖지 않는다는
무소유 길을 걸으며

어머니 옷보 허물 덮은 듯
마음의 온기가 따뜻합니다

잠시 비우고 내려놓고
혼자 있는 것은
함께 있는 것임을 되새기며
내 안에 미움 하나 내려놓습니다

백일홍 스스로 껍질을
벗으며 꽃을 피우는 동안
나는 덧없는 욕심들만
키웠던 것 같습니다.

유월엔 비

유월의 뜨락에도 비가 내린다

후드득 하늘에서 쪽빛 물이 쏟아진다

산천초목이 초록우산을 펼쳐 들었다

너에게로 보낸 그리움이 가로막혀 운다

소쇄원 혼을 담다

자연과 인공을 조화시킨 원림
그곳엔 선비의 고고한 품성
절의가 풍기는 아름다움이 있다
빽빽이 하늘 가린 댓잎들 사이로
소쇄 소쇄 흔들리는
해맑은 바람 소리
유유자적 계곡물엔
청둥오리 노닌다

대나무 숲 계곡
정자 흙길 흙담 다리와
자연 속에 녹아나는
새소리 물소리,
가득한 푸르름과
넉넉함과 한적함
비가 갠 뒤 하늘의
상쾌한 달,
제월당 양산보 선비의
책읽는 모습이
한 마리 고귀한
학의 모습이었으리

자연과 건물 조경이 잘 조화된
조선시대 별서 정원 담양 소쇄원
맑고 깨끗함, 자연과 더불어
살아 숨 쉬고
당대 최고의 시인
묵객들이 드나 들었던 소쇄원
시각적 차원을 넘어선 청각적 정원
시적 감응을 주는
문학적인 정원이다

봄에는 산수유 만발하고
여름엔 배롱나무꽃 활짝 피며
가을엔 오색단풍 만나서
겨울에는 하얀 눈꽃
몸에 두르는
광풍 각에서 바라본
저 멀리 서석산,
외부공간의 느낌 또한
소쇄원의 백미이다

내발 닿는 곳이 도, 임을 이제 알았으니
돌아가는 대나무 숲길에서 길을 묻는다
봄을 기다리는 나무는 결코
시들지 않을 테니깐
남도여! 잘 있거라
나는 춘천으로 돌아가리

비 오는 날의 수채화

숨어우는 산비둘기
마음으로 들어오던 날
물결은 세월 비껴 흐르고
바람소리 징검다리 건널 때
하루치 이야기
풀어내는 시간
비가 먼저 왔는지
바람 속 비가 먼저 왔는지
모를 지금
흐드러진 감국
손 사래 휘젓는다
빗속 풀잎 한줌 숨소리 가
손끝을 잡아 당기고
허허한 실개천 쑥부쟁이 꽃길에서
나는 비에 젖어 서 있다.

달맞이꽃

그리움으로
기다리다

지쳐쓰러진
그 자리에

노란 꽃으로
피어난 오즈.
슬픈 달맞이꽃

오늘 밤
휘영청 달 뜨거던
달빛 창가에

그리움 안고
노오란 꽃으로
다시 피어나겠지

정선 이드래요

시간이 멈춘듯한 풍경
오면 오고 말면 말고

투박하지만 맛 깔스러운
콧등 치기 한그릇에 혼을 담는다

아리랑 아리랑 아라리요
아리랑 고개로 나를 넘겨주오

아우라지 뱃사공아 배좀 건네주게
한치 뒷산 곤드레 장대풀밭 언제 맬수있나

백전리 물레방아는 물살 안고 도는데
우리집 서방님은 날 안고 돌줄 왜 몰라

검은산 물밑 이라도 동강 할미꽃 피어나고
뒷 동산 행화춘절이 날 알려주네

보고 싶다 정선아!
여기는 강원도 정선 이드래요.

공지천 아침의 단상

강가에 누운 초승달이
애써 노쇠한 아픈 몸 일으키고

고요만이 눈꺼풀 덮인
공지천 언저리 엔
물감을 흩뿌린 듯
진회색으로 피어 오른다

강바람에 밀려난 구름 한 조각
유유자적 유영하는 강가에
벌거벗은 하얀 새우 꼬리로
탁월풍 업고 상고대 활짝 꽃피웠다

네가, 내가 보이고
하얀 세상이 저기 누워있다.

봄의 연가

이곳은 내리고
거기에는 내리지 않는 봄비
당신은 그렇게 먼 곳에 있습니다

길가에 꽃 풀들을 스치며 걷다 보면
당신 얼굴이 문득문득 생각납니다

오로지 젖지 않은 마음 하나
그것은 그대와의 사랑입니다

여기엔 하루 종일 봄비 내려
내 마음 시린 줄도 모르고
비에 흠뻑 젖었습니다

하루가 다 당신입니다.

아름다움이 있는 밤

당장이라도 쏟아져 내릴 것 같은
절경의 여름밤 어수선함을 틈타
하얗게 내려앉은 공지천 별 빛

젖지 않으려는 마음은 몸부림으로
바람에 몸 기대어 흔들거린다

메밀꽃밭에 내려앉은 별똥별
하늘이 강물 속에 누워 있었을까
은하수가 꺼꾸로 내려앉은 건 아닐까

상상 마당 쪽에서 기웃대는 언어들
가슴 가득 차오른다

구절초

그대
아련한 떨림으로 피었다

그대
님 그리다 아픔으로 지는 꽃

너를
만나서 사랑이었고

너를
만나서 행복이었어

구절초
꽃 망울 터트리면 가을이 오고

구절초
바람결에 쓰러지면 가을이 간다

봄이 오는 풍경

촉촉한 수액 타고 낭창낭창
버들개비 물올라 꽃이 피었다

콧구멍 다리 사이로 봄의 설렘, 너울
버들치 마실 나온 한가로운 한낮

봄 오는 소리에 화들짝 놀란
노란 산수유꽃 사이로

모처럼 얼굴 내민 파란 하늘이 봄이다

6부
능소화 이야기

하루

세찬 비가 서럽게 운다
넋 놓고 물끄러미 한참을 바라보니
물비늘 방울방울 아스팔트 위 나뒹
굴고

춘천 샘밭 5일장 한적한 한편으로
쉼 없이 붙여내는 순메밀 전집,
탁배기 한 사발 춤추듯 널을 뛴다

빗소리가 장바닥에 모로 눕는다
속삭이듯 연신 쏟아지는 빗소리가 좋다

막걸리 익어가는 소리가 세월 낚는 한낮
빗속 뚫고 마실 나온 친구에게
귓속말로 나직이 속삭인다
참, 기분 좋은 하루 같다고

바람에 흔들리는 허름한 옷 걸친
백열등 불빛이 게슴시레 꾸벅 졸고
있다

가을 애상 광진

벌레 찌르르 소리
깊이 물든 가을밤

애벌레 허물 벗던
아스라한 고요 속으로

사랑을 일궈내는 아버지

나홀로
새벽 여명 밝힐 즈음

아련한 그리움 속
전해지는 외로움 하나

스치는 가로등 불빛되어
언듯언듯 다가오는 애상
광진이시어

삼악산 의암호 빠지던 날

의암호 내려앉은 삼악산
잠 덜 깬 호수 위 고깃배 한 척
미끄러지듯 물 안갯속 사라진다

시간의 흐름 정지된
펼쳐진 화선지에
먹물 한 방울 붓 끝으로

일렁이는 물결 속 흩뿌린다
조금씩 번져지는 파장 속으로
아름다운 한 폭 수묵화 그려졌다

잔잔한 의암 호수
묵묵히 바라만 보았는데 ,
삼악산 내려앉은 아침

애틋한 그리움 하나 스며든다

능소화 이야기

송이채 뚝뚝
떨어지는 능소화
떠나야 할 때를
아는 자의 뒷모습처럼
처연하기 그지없다

하룻밤 임금의 은혜를 입고
빈의 자리에 오른 궁녀 소화
처소를 찾지 않는 임금을
오매불망 그리움으로 기다리다
상사병으로 쓸쓸히 세상 떠나고

담장 밑 묻힌 소화의 넋이 꽃이 되어
주홍색 꽃을 아름답게 피워낸 꽃
토담 위로 한 뼘식 뻗어가며
넝쿨 따라 곱게 피어난 그꽃
오늘도 님 기다리는 능소화 전설 꽃

노을이 있는 저녁

더 저물 데도 없는
막다른 저녁

광목천에 붉게 물든
석양이 아름답다

나도 저렇게 노을처럼
아름답게 늙어 갔으면 좋겠다

흔들리는 햇살의
빛 바랜 늙은 햇볕으로

물속에 잠긴
아파트가 졸고있다

알이 마려운 암닭들이
홰를 치며 종종대고

쑥부쟁이 흐드러지게 핀
개울 건너 개 짖는 소리 요란하다

건봉사에서 나를 버리다

댓돌 위
하얀 고무신 곁에

삶에 찌든
헌신짝 한켤레

벗어 놓고 갑니다

동백꽃

불꽃 같은 마음
차마 말 못 하고

꽃 등불만 밝히다

잔설위
마음만 붉게 스미네.

새질물

심장에서 흘러내린
선혈 한 웅큼
붉게 타오르다
풍덩
샛가리에 빠졌다

솟구쳐 오르는 화산 용암이
불 거품 게워내며
노쇠한 겨울 바다를 물들일 때
아름다운 영혼이 침몰하고 있다

태움의 비릿한 내음이
청록의 바다에 선홍빛 하혈을 쏟아내고
차갑게 해풍 몰아쳐 헐개 벗은 날
시린 낙조가 바다에 드러누었다.

* 샛가리: 강릉 영진해변의 옛 지명

山門

오욕 칠정 한 보따리 버리고
산문을 나서는데

아적까정 눈짓 한번
맞춰주지 않던
바람 하나 휑하니 따라 나온다

문득 산새 소리가 그립고
온 산의 짙은 녹음 골골마다
계절이 접경으로 누워있다

텅 빈 고요함의 공허는
몸과 마음의 조화인 것을

풀잎 이슬 사랑

좋은 아침이라는 말과
따뜻이 잘 잤느냐는 말과

점심 식사 맛있게 하라는 말과
아프지 말고 건강하라는 말은

그냥 그저 일상적인
말인 것 같은데

괜스레 고맙고 눈물이 나

그러나, 마지막 나지막이 속삭이듯
들려주는 한마디 말,
사랑해.

귀여운 판다가 마실을 왔다.

일출

궁바다는
어머니의 품 안이고
그리움의 포용이다

해돋이
거친숨 몰아 쉴 때
흩뿌린 선홍빛 바다 물결

아름답다 못해
한 폭의 걸개그림 풍경화다

해 뜰 녘
하늘과 바다 위로

고깃배 한척 지나간 자리
파도처럼 붉은 수수밭이 너울지고

저기 해송 사이 반영이는 윤슬은
눈이 시릴 만큼 아름답다

어디 정처 없이 떠돌다
거기 누워있다더냐.

* 궁바다 : 강릉 연곡 해수욕장
옛 지명

시

내면의 표출이다

아침이면 까막까치가 울고
풀잎 이슬은 아침 햇살을 훨라는 한다

텅 빈 가슴으로
장지문 비집고 들어온 빈손

일공 일수 허허 실실이다

시인은 백 마디 말보다
한 줄의 글이 언어의 연금술사 이고
나무를 가꾸는 정원사의 손길이다.

동백꽃 (시조)

봄부터
기다려 핀
겨울에 핀 꽃 동백

바람은
산길돌아
꽃 등불만 밝히다

당신의
꽃다운 혼
옷고름 푼 여인아.

우중 월정 (시조)

다섯개
연꽃잎에
쌓인 연심 월정사

선 재 길
그 숲에서
여우비가 내린다

불타는
병풍 단풍길
흐르는 명경 청류

길을 묻다 (시조)

사그락 흔들리는
댓잎들 바람 소리

하얀 눈 흩날리는
길 떠난 그 길 위에

멍하니
서 있는 나는
겨울 속에 갇혔다

시간 참 빠르다

참 애썼다
그것으로 되었다

역사로 오르는 긴 계단이
봉의산이다

자꾸만 부아 (副芽)가 난다

1분 차이로 경춘선 열차가
휙, 지나쳐 갔다

남춘천역으로
어둠이 드러눕는다

하늘이 깨질 듯
끙끙 거리고

나는 횡경막 후미진
의자에 앉아

하늘 멍 때리며
번아웃에 빠져든다

달라진 건 아무도 없다.

어느 날 하루

백색소음 명경 옥류
골골마다 숨었구나

언덕배기 드러누운
형형색색 야생화는

바람 따라 구름 따라
꽃의 향연 천상화원

오르막과 내리막이
푸르름 속 선경이라

산길 숲길 돌길 물길
한 폭 한 폭 수채화다

불어오는 청량 바람
점봉산은 고원이고

원점회귀 강선마을
산나물전 막걸리는

딸내미와 함께하는
인생 최고 선물이고

누워있는 곰 한마리
곰배령이 거기 있다.

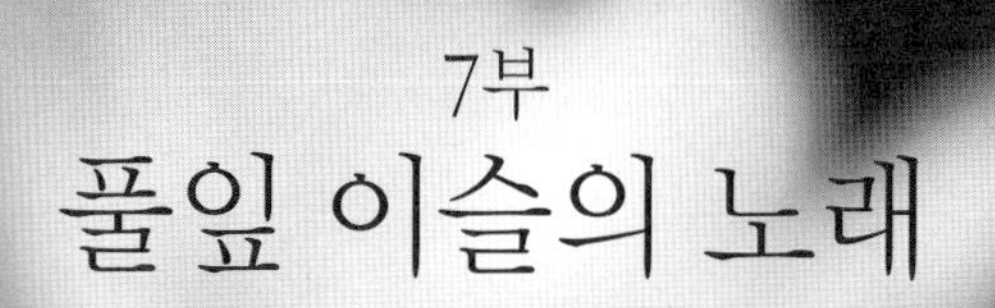

7부
풀잎 이슬의 노래

붉은 밥 한 톨

홍자색이라
다닥다닥 붙어 핀 꽃

그때나 올해나 꽃은 피고 지고
잎보단 먼저 꽃 몽우리 펴놓고
하나 둘 터트린 새 잎은 사랑의 하트

잎자루에 딱 고개를 떨군 듯
참으로 보들보들한 여인의 살결이다

박태기 고개를 가로저을 땐
짧은 소매 옷의 계절이라

시렁에 가득한 의상은
정해진 주인이 없고
나뭇가지 위에 봄빛이 다시 이르니

반조홍 밥 태기에
콩깍지가 주렁, 바람에 일렁이고

수북히 펴 놓은
고봉 하얀 쌀 밥이 그립다.

비 오는 날

낭창낭창 흔들린다
파릇살이 멱 감는 날
발싸심하는 연두가 부스댄다.

청귤

그 깊은 내면으로 들어가
세월의 신맛을 잉태한다

그 속에서 파생하는
인생의 표류는

비릿한 바다 내음으로
산산이 흩어졌다

제주 해협이
눈물 한 방울 뚝 떨어뜨리고

생은 바람 앞에 등불 되었다
나는 무엇으로 사는가

꽃 피면 달 생각하고

바람은 구름을 데리고 오늘도
어디로 가고 있는가

비는 꽃잎을 데리고 오늘도
어디로 가고 있는가

바다는 파도를 데리고 오늘도
어디로 가고 있는가

나는 또 나를 데리고 오늘도
어디를 가고 져 하는가.

김유정역 대합실

짜깍짜깍, 누군 울고 누군 웃고
짜깍짜깍, 누군 오고 누군가고

기다림은 설렘의 시작이다
주명 씨, 너무 재밌어요
좋은 시간 만들어 줘서 고마워요
우리 다음에 또 와요

현아 자리 수빈이 자리
예쁜 추억 흔적 남기고 갑니다
수빈이는 언젠가 다시 온다

당신의 이름, 엄마
오늘 함께여서 행복했어요

오고 가고
가고 오고
사랑과 이야기가 있는 공간
너라서 좋다
둘이라서 더 좋다
자꾸만 또 오고 싶은 춘천

잊었던 동심
소록소록 되찾아 가는 간이역

세월의 민낯

아무것도 생각하지 않았던 그날
어둠 속 갈 곳 없는 하루가 버거워
정지된 시간 속에 나를 가두었습니다

하르 밤을 보낸 것이 아니라
하룻밤을 버린 것입니다

하얀 메밀꽃 줄기같이 여린
내 어머니 손을 잡고

하룻밤 꿈을 꿀 수 있다면
얼마나 행복하고 좋을까요
그래도 강물 흐르듯 덧없는 세월은
갑니다.

세월 저 편에서

딸내미 당근 마켓
사천 원 바지 팔아

아비 위해
비비고 육개장
사들고 들어왔네

세월아 세월아
아픈 세월아

너도 가고 나도 가고
슬픈 인생도 흘러간다.

산죽이 꽃 피었다

청초한 조릿대 너의 모습이 경이롭다
신령스런 비폭, 가령폭포 오르는
자그마한 암자 연화사 길목

아주 드물게 피는
한 무더기 산죽 꽃이 피었다

날카로운 잎을 창칼처럼 치켜세운
너의 모습이 청쾌로워

나는 처음 보는 산죽 꽃에 취해
가던 길을 멈추고 한동안 잔잔히
보라색 벼 이삭 포엽을 눈으로 넣는다

침묵으로 만나는 산죽 꽃
난쟁이 산죽 군락이 아름다운 산,
백암산
자연의 낙원이 거기 누워있다.

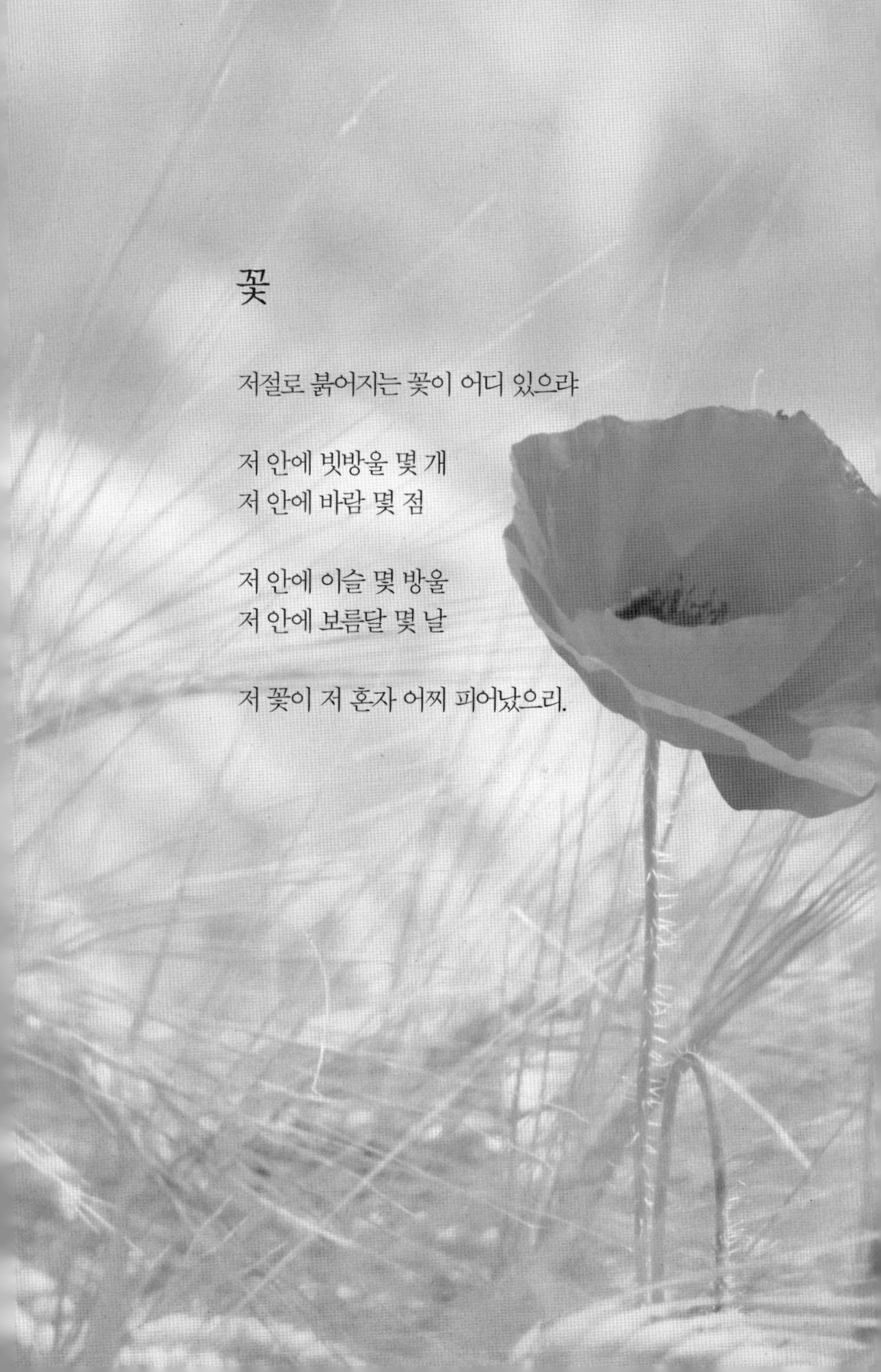

꽃

저절로 붉어지는 꽃이 어디 있으랴

저 안에 빗방울 몇 개
저 안에 바람 몇 점

저 안에 이슬 몇 방울
저 안에 보름달 몇 날

저 꽃이 저 혼자 어찌 피어났으리.

아내가 고맙다

프랑스 향수보다
마음의 향기가 오래간다

완벽한 부모가 되기보다는
최선을 다하는 친구같은
엄마였기에 고맙다

함께 살아가는 퍼즐 맞추기는
온 가족, 최고의 조각
행복한 삶이 아니던가

소라, 솔지의 아기때 옷을
세제보다는 비누로 손수 빨던 모습이

연꽃 보다 더 고귀하고 아름다웠기에
당신께 오래도록 감사한다

대가 없는 순수한 어미의 사랑은
언제나 변함없이 기억에 남는 거니까.

그리움은 강물처럼 흐른다

풍선처럼 부풀어 오른 그리움을
톡톡 손톱으로 터트립니다

언제나 허기를 가장해 찾아오는 그리움은
끊임없이 굴비 꿰 매달듯 기억 곳간을
채웁니다

그리움은 평범할 땐 쉽게 모습을 드러
내지 않습니다

기억의 저 편으로 못내 그리워지면
불현듯 아픈 생채기 되어 마음으로
꾸역꾸역 들어옵니다

주체할 수 없이 흐르는 침묵의 강으로
사랑은 하나가 아닌 너와 내가 별처럼
빛나는 함께인 것입니다.

인연

제비꽃 피면 당신 생각하고
깊은 밤 달을 보면 그대가 떠오른다

당신을 생각하면 내 마음은 꽃밭이
되고
그리움은 물안개 되어 하얗게 젖어 온다

서로를 알아 서로에게 스몄으니
저절로 그러해진 인연, 그대인 것이다

산새 소리

알자리 엔 어미의 포란이
눈물겹도록 경이롭다

어미 곤줄박이 헌신적인 육추는
아주 작은 몸짓으로

숲새의 소리가 되어
아침의 고요를 깨우고

셈을 끝낸 어느 낯선 숲에서
내 허허한 시야가 솜 이불이다

길

달팽이는 그 무거운 집을 지고
어디로 가고 자 하는가

나는 또 나를 데리고 끝도 없는 세상
저편
어디로 가고 자 하는가.

풀잎 이슬의 노래

내가 너로부터 뒤돌아 갈 수 없는 것은
너에 대한 내 그리움 때문이다

아침에 눈을 뜨면
너는 풀잎 이슬 한 방울로
내게 찾아온다

내가 너를 두고 서성이는 지금이

이제 막 동그라미를 그려낸
너에 대한 그리움 때문이다.

소라 솔지 두 딸에게

착하고 건강하게
지금껏 살아줘서 고맙다

숱한 희로애락을 겪으며
자신 보다 남을 먼저 생각하는

비움의 선한 삶을 살아가는
너희들이 마냥 자랑스럽다

행복은 작은 곳에서 오듯
서로 사랑하며 배려하는

변함없이 행복한 가정
앞으로도 지속했음 하는 바람이다

사랑한다. 훈이 소라, 대로 솔지야
아빠의 진통 속에 순산한 첫 시집
풀잎 이슬을 너희들에게 선물한다.

〈풀잎 이슬 〉 김병근 시집 시 해설(평설)

자연과 사람의 행복한 관계 유지

- 예시원 시인(문학평론가)

■ 들어가며

화가들은 사물을 있는 그대로 표현하는 방식도 쓸 때가 있지만 머릿속
상력을 동원해서 화폭에 옮길 때도 있다. 초현실주의 전위예술을 할 때
브제(objet)를 작품에 활용하여 전혀 새로운 느낌을 주기도 한다.

현대에 와서 사진 영상 예술이 활발해지면서 대상을 포착할 때도 있는
대로의 표현방식 보다는, 작가의 의도가 마치 화가들처럼 주제를 자유롭
선택하고 활용하는 기법을 많이 활용하는 것도 사실이다.

예술의 숙명은 창조적 파괴이고 안주는 예술의 사망선고라는 말도 있
예술인의 의도와 목적은 대상을 있는 그대로만 표현하는 사실주의 보
는, '상상을 현실로' 만들어낼 줄 아는 창조적 개발에 더 주안점을 두어
한다.

물론 그건 보다 창조적인 작품 활동을 개성있게 열정적으로 하려는 작
들의 치열한 정신이기도 하다. 하지만 무엇보다도 작가 정신의 기본은
간애를 중시하는 인본주의(humanism)에 있다.

생애 첫 시집을 내는 김병근 시인의 『풀잎 이슬』 120편의 작품을 접하
서 느낀 시인의 작품세계는 치열함 보다는, 어쩌면 사람으로부터 자유롭
편안해지려는 힐링(healing)을 선택하고 있고, 일상에서 스트레스를 덜
으며 주변 사람들과 행복한 관계를 유지하려는 인본주의(humanism)와
연주의를 지향하고 있음을 알 수 있다.

그의 주옥 같은 시편 하나 하나에는 '문학을 왜 하는가?' 그 질문에 대
본인 스스로가 명쾌한 답을 가지고 있다. 모든 것은 사람답게 살기 위해
며 표현의 자유, 즉 작가가 가진 상상력이나 삶의 체험을 통해 느낀 감정
진정성 있게 잘 살려낸 작품들이 시선을 붙들고 있다.

그의 세계관과 시선은 늘 '자연과 사람의 행복한 관계 유지'에 머물고 있으며 때론 사적 대상의 관찰을 통해 느낀 상상력과, 눈에 보이지 않는 저편 너머의 세계를 그려내는 낯설기까지 사적 기교를 보여주고 있지만, 김병근 시인의 시편들은 대부분 순수 서정시가 주류라고 할 수 있다.

순수시라 함은 맑고 깨끗함과 아름다움을 말한다. 그의 시세계는 느림의 미학과 함께 우리의 삶을 회복하는 에너지 충만의 힐링(healing)시라고 할 수 있다.

"나는 누구인가?", "인간이란 무엇인가?"라는 물음이 중요한 것은 궁극적으로 인간의 자유 의지를 둘러싼 물음이라는 이유에서다. '인격(persona)'이 '가면'이라는 뜻으로도 쓰이는데 '페르소나(persona)' 기법을 가급적 사용하지 않은 명징한 순수 서정시 120편의 시세계 속으로 들어가본다.

1. 망개떡

청미래덩굴잎 사이에
내려앉은 반달아

꽃 피면
달 생각하고

절구에 거피 팥소
망개가 새 옷 갈아입었다

내 마음속 가득
각골난망(刻骨難忘)이로다

1연에 '청미래덩굴잎 사이에/내려앉은 반달'로 묘사해놓은 망개떡 모양이 참으로 재미가 있다. 최초 개발할 때의 떡 모양은 하나였지만 수요가 급증하고 생산하는 업체가 많아지면서 다양한 형태로 변하고 있다. 하지만 그 고유의 맛은 변하지 않고 대부분 그대로 유지하고 있다.

망개떡의 생명은 떡이 서로 달라붙지 않고 오랫동안 쉬지않게 망개나무 잎으로 떡을 쌈처럼 싸서 만들고 보관하는 것이다. 망개떡에 관한 에피소드나 추억은 많겠지만 화자도 4연에서 '내 마음속 가득/각골난망(刻骨難忘)'으로 마무리한 것도 시인이 살아온 삶이나 현재의 심리상태도 그렇게 실속없이 허허롭지는 않다는 것이다.

또한 부드러운 겉피와 속이 꽉 찬 팥소처럼 부실하게 허약하거나 시들하지 않은 떡처럼 시인의 인생도 은혜로운 날들이었음을 작품을 통해 시사하고 있다. '망개떡'은 시인의 의도를 배제한 자기 소멸의 허구적인 시도가 없고 〈탈〉을 쓴 페르소나(persona)의 작법도 구사하지 않은 맑은 느낌의 서정시에 해당된다.

작품에서 화자는 현대시에서 쓰는 요란스러운 치장이나 극적인 아이러니(irony) 없이 담담하게, 인생을 하나의 망개떡으로 함축시켜 지나온 시간을 반추하며 은혜에 대한 감사한 마음을 드러내고 있다.

21세기 지구촌은 빠르게 역동적으로 변해가고 있지만 2019년에서 2022년까지 3년 여에 걸쳐서 이어진 코로나19의 길고 지루한 감염병과 2022년에 터진 우크라이나와 러시아의 전쟁은 지구촌 전체를 공포와 함께 도탄에 빠트려버렸다.

세계화의 틀 속에서 다시 한번 제국주의 패권전쟁에 내몰려 신냉전시대로 접어든 현재 시점이지만, 그렇게 공황(panic)으로 빠져들 수는 없는 일이다. 충돌과 다원화 시대 속에서 김 시인은 시인답게 넉넉하고 담담한 마음으로 '말하기'와 '보여주기'로 생존할 수 있는 길을 모색해나가고 있다.

유비쿼터스 시대에도 온 동네가 떠나가도록 왜장치던 떡장사의 "망개떡~메밀묵~" 소리가 아련하기도 하거니와 실제로 가끔씩 도시의 밤을 즐겁게 해주기도 한다. 떡은 결코 조바로움이 아니라 넉넉한 느림의 미학을 대표하는 상징적인 식품이기도 하다.

2. 산

저 형형한 산들의
눈빛이 예사롭지 않다

산도 칼이고
바람도 칼이다

운무가 피어 오른다
산이 거기 있기 때문이다

산이 하루 종일
아무 말도 안 했다

오늘도 허물없이
하루가 접혀진다

산이 여전히
비를 맞고 누워있다

누군가 말했다. 산이 거기 있기 때문에 산에 오른다고. 그 산의 새벽엔 어둠의 장막을 헤치고 숨은 별빛이 얼굴을 내민다. 야음을 틈탄 도둑처럼 슬며시 나타나 이내 개선장군이 되어 번개 같이 주먹별을 번쩍인다. 거기서 수천 수 만년의 제국은 이미 사라지고 없다.

희붐한 회색빛 산허리에 하나 둘 넘어가는 별빛들, 저기서 어제는 여기서 오늘이 되고 여기서 내일은 저기서 오늘이 된다. 그저 산 너머 해와 달, 별들이 혼자서 궤도를 돌며 왔다 갔다 한다.

2연에서 '산도 칼이고/바람도 칼이다'는 것은 1연의 '저 형형한 산들의/눈빛이 예사롭지 않다'는 것이고 그 산세가 칼바위처럼 예리하고 날카롭다는 뜻이기도 하다. 수천년에 걸쳐 칼바람 맞으며 풍화작용으로 완만했던 산세도 칼바위처럼 우뚝 솟을 수 밖에 없었을 것이다.

4연에서 '산이 하루 종일/아무 말도 안 했다'는 것과 6연의 '산이 여전히/비를 맞고 누웠다'는 것도 사실은 세상사에 등 돌리고 무심하게 산에만

깊이 생각이 잠겨있는 화자의 마음인 것이다.

 세상 일 중에서 섭섭하고 억울하고 쓸쓸했던 기억들이 아직도 화자의 마음 한 곁에 눅진하게 남아있기에 애써 털어내려고 하지만, 바닷가 포말처럼 생긴 구름이 잔뜩 저기압으로 내려앉아 산을 덮고 있듯 화자의 마음을 내리 누르고 있기 때문일 것이다.

 시 창작에서 중요한 것은 창조적 상상력과 의미의 재발견인데 김 시인의 두드러진 특징 중 하나가, 넉넉한 자연에서 가져온 지적 상상력을 기본 베이스로 해서 만든 기발한 발상과 시적 이미지의 연결이다.

 김 시인의 시는 불가사의한 페르소나(persona, 가면)를 씌우지 않아 '하이퍼시'를 읽는 것처럼 그렇게 난해하지 않으면서도, 단순한 관찰에서 깊은 묵상으로 몰입해 자연과 화자가 합일되어 낯설지 않은 낯설기 기법으로 선시(禪詩) 같은 묘한 느낌을 주고 있다.

 새장 속에 갇힌 새에겐 유리창에 비친 하늘도 하늘이듯 산을 바라보는 시 작품 속 화자도 자유가 그리운 것이다. 유유히 흘러가는 구름과 달빛, 파란 하늘 조차도 그리운 대상이듯 화자는 이미 저 높은 산중 깊은 곳에 가 있는 것이다.

 안과 밖 경계선 하나에 자유로움과 통제된 일상의 차이가 있는 것처럼 비록 박제된 일상을 보낼지라도, 영혼이 자유로운 시인은 이미 새로운 세상에서 살아가고 있으며 자연과 함께 교감하며 소통하고 있는 것이다.

3. 분꽃

아린
기다림으로

울 밑
햇살 머물고

뉘 기다리는가

백옥같이
분칠하여

가녀린 몸짓
너를 부른다

애달파
여리고 여린
한 송이 분꽃이여

예전에는 얼굴에 바르는 분단장용으로 사용했던 분꽃은 수줍음과 소심함을 의미하는 꽃이다. 4월에서 5월 사이에 하얀색의 꽃이 피는데 얼핏 보면 그 시기에 개화하는 찔레꽃과 비슷해 보이기도 한다.

동유럽 폴란드 성주가 늦동이 딸을 한 명 얻어서 남장을 하고 아들처럼 키웠지만, 자연의 순리를 거스를 순 없었는지 멋지고 용감한 부하 기사를 사랑하게 되었다고 한다. 성 밖으로 떠나며 자신이 항상 지니고 있던 칼을 성문 옆에 꽂아 두었는데, 그 자리에 피어난 꽃이 바로 '분꽃'이라고 한다.

얼굴에 분칠을 한다는 의미는 자신을 감추고 포장하여 다른 사람으로 보이게 하는 위장의 의미를 가지고 있다. 연극 무대에서 배우들이 얼굴에 흰 분칠을 하고 여러가지 무늬를 그리거나 페르소나(persona, 가면)를 쓰는 행위도 마찬가지다.

'분꽃' 작품에서도 1연 '아린/기다림으로' 3연 '늬 기다리는가' 하고 알면서도 짐짓 모르는 체 화두를 던지고 있다. 그 이유는 5연 '가녀린 몸짓'과 6연의 '애달파/여리고 여린' 감성으로 분칠하고 가면을 쓸 수 밖에 없는 수줍은 남장 여성을 다시 한번 되새김으로 언술하고 있는 것이다.

현대의 화장술에는 여러가지 기법으로 분칠이 활용되기도 한다. 격투기나 레슬링 같은 과격한 운동경기에선 아주 거칠거나 화려한 이미지의 가면을 사용하기도 하고, 연극 무대에서는 무서운 표정이나 영웅호걸의 모습으로 분장을 하기도 한다. 그러나 대체로 분장술에서 사용하는 기법은 수줍거나 예쁘게 보이려고 하는 경우가 많다.

아리스토텔레스의 '카타르시스(catharsis)'라는 용어도 예술 분야에서 심리적으로 관객과 배우 또는 문인과 독자의 관계에서 상호 긴장과 이해, 복귀와 화해 등의 묘한 해소 기법에 활용되는데, 그 사이에 분장술이 등장하기도 한다.

문학적으로 '낯설기'에 해당하는 그 부분이야말로 시적 상상력을 통해 독자의 호기심을 자극하여 작품 속으로 유도하는 심리기법이기도 하다. '분꽃'에서의 화자와 독자와의 '심미적審美的 거리(Aesthetical distance)'는 그렇게 멀지 않은 적절한 긴장관계를 가지며 사랑과 그리움의 상호거리를 좁히고 있다.

'분꽃'을 통한 시인의 '창조적 상상력'은 도피와 추적의 술레잡기 놀이처럼 과도한 긴장감을 제시하고 있진 않지만, 적절한 거리두기와 페르소나(persona)를 통해 독자들도 함께 묘한 상상력의 세계로 끌어당기는 마력이 있다. 분장의 대상이 남장 여자인지 여장 남자인지 아니면 진짜 남자 또는 여자인지 알 수가 없지만 짧은 작품에서 묘한 여운을 남기고 있다.

4. 책 한권 바랑 하나

산도 첩첩
골도 첩첩

하늘이 숨겨둔 땅
산과 구름 빼면
아무도 없다

외로운 절벽 위 암자 하나
둘도 없는 극락 정원

채워지면 비우고
비워야 채워지고

나 아닌 남을 위한 삶이
진정한 수행임에
산 위에서 길을 묻는다.

산으로 가는 길은 절망과 희망, 분노와 환희가 묘하게도 교차하는 걸음이 많다. 산을 찾는 이의 상황에 따라 느낌이 달라지게 마련이다. 제목에서부터 '책 한권 바랑 하나'로 시작하니 1인칭 화자의 입장이면 세상의 번잡함에서 잠시 벗어나 산길로 접어들어 '마음 정리'를 하는 '마음 공부와 챙김'의 수행 과정일 수 있다.

여기서 2인칭 혹은 3인칭의 승려를 바라본 입장이라면 이타적인 삶을 살려는 수행승의 길이 위태하고 불안해 보이기도 하겠고, 중생을 구도하려는 위대하고 광대무변한 세계의 깨달음에 다가서는 느낌도 받을 수 있다.

4연에서 '채워지면 비우고/비워야 채워지고'라며 득도와 버림의 반복 체험과 수행과정을 말했지만, 사실은 설산고행(雪山苦行)처럼 그 길은 그리 호락호락하거나 만만치 않은 게 사실이다.

1연 '산도 첩첩/골도 첩첩'처럼 골 깊은 산사에서의 시간은 외골수의 고집이 없다면 그 고독하고 쓸쓸한 산의 살림살이와 험한 수행을 견디지 못할 것이다. 그래서 대체로 산 생활을 오래 했고 깨달음을 통해 득도한 이들은 세상 이치에 통달하고 삶을 관조하는 시선과 함께 마음이 너그러울 것 같지만 기실은 전혀 반대일 경우도 있다고 한다.

지독하게 편협하고 외고집으로 골질이 세며 불 같이 화를 잘 내는 이들도 있다. 물론 어떤 상황인가에 따라서 다르겠지만 그런 완고한 고집이 없으면 수행 자체가 어려울 정도로 혹독하다는 방증이기도 하다. 산 위에선 길이 없지만 산 위에선 길이 보이는 법이다. 우물 안 개구리처럼 산 밑에서 고만고만한 인생들이 도토리 키재기하며 아귀다툼을 벌이지만 산 위에선 그 존재들이 한낱 개미에 불과해 보인다.

되는 대로 살아온 인생도 산사에서 수행하다보면 속절없이 허무하거나 인생무상이었다는 생각도 들겠지만, 문득 떨어지는 낙엽이나 겨울 계곡에서 얼음이 '쩡' 하고 갈라지는 소리 하나에도 깨달음을 얻어 득도한다면, 무아(無我)의 경지로 들어 마치 선계(仙界)에서 사는 것 같은 철학적인 의미들이 떠오르기도 한다.

화살처럼 빠르게 지나온 세월도 3연의 '외로운 절벽 위 암자 하나/둘도 없는 극락 정원'처럼 길이 보이지 않을 때, 한걸음 더 내딛어 백척간두진일보(百尺竿頭進一步) 뒤의 시원한 카타르시스(cathrsis)처럼 길 없는 속에서도 길을 찾아내었다면 '책 한권 바랑 하나'가 결코 가볍지 않은 엄청난 세상 무게로 다가올 것이다.

그 엄청난 무게감은 역설적으로 결코 무겁지만은 않은 가벼운 깃털처럼 세상 모든 것이 얹혀진다는 것이다. 그것은 무의식적 차원에서 결코 자기기만적이지 않은 심리적 방어기제(defense mechanism)를 자기 항복을 통해 건전한 쪽으로 승화(sublimation)시켜낸 결과물이라고 할 수 있다.

마음 먹기에 따라 달라지는 삶의 무게감은 이 작품을 통해 얻어진 작은 진리라고도 할 수 있다.

5. 다랭이논, 눈물 한 방울

아름답다 못해 슬픈 곳
자식입, 음식 들어가는 것과
다랭이 논, 물들어가는 것이

최고의 행복이고
한 폭 휘감은 수채화 풍경화

미려한 곡선 아름다움 붉게 물든
황금빛 다랭이 지겟길
한 뼘 논, 눈물 한 방울에

서러움 가득 거기 숨어운다

다랭이논은 한자로 제전(梯田)이라고 하며 깊은 산골이나 바닷가에 인접한 황무지를 개간하여 만든 계단식 논을 말한다. 쌀을 주식으로 하는 아시아 나라에서 천년이 넘는 역사를 가지고 있는 곳도 있는데, 물이 부족하고 척박한 곳을 개간한 곳이 많아 천수답(天水畓)이라고 부르기도 한다.

2013년에 세계문화유산으로 등재된 중국 윈난성 홍하 하니족(☒河哈尼族)의 다랭이논과 한국의 경남 남해군에 있는 바래길 다랭이논이 관광지로 알려져있다. 다랭이마을은 손바닥만한 논이 언덕 위에서부터 마을을 둘러싸고 바다까지 이어져 있어, 가난의 밑바닥을 적나라하게 보여주고 있으며 옛날의 슬픈 기억들을 많이 간직하고 있는 곳이기도 하다.

찾아보면 한국을 비롯한 세계 어느 곳이나 시골에서는 흔하게 볼 수 있는 논이라고 할 수 있다. 그래서 김병근 시인은 1연 첫구절부터 '아름답다 못해 슬픈 곳'이라고 표현한 것이다. 수심이 깊고 물이 맑아 청정해역인 일본 대마도에 가 본 사람들은 공통적으로 '물이 너무 맑아 슬픈 느낌이다'는 표현을 하기도 한다.

어쩌면 다랭이논들이 다닥다닥 붙어있는 지역의 풍경이 그렇게 보일 수도 있다. 마치 잘 빚어놓은 예술품처럼 '미려한 곡선'이 '한폭 휘감은 수채화 풍경화'처럼 휘영청 늘어져 있으니 무수히 많은 버드나무 가지를 보는 듯하다.

어쩌면 가난은 지독한 유폐적 삶이라고도 할 수 있으며 거기서 벗어나려고 하면 할수록 점점 더 발목을 잡고 깊은 수렁 속으로 빠져들게 하는 마력이 작용하기도 한다. 여기서 김병근 시인은 시를 통해 인생의 강에서 가난을 유폐적 삶이 아닌 탈출 가능한 해방으로 활용해내고 있다.

다랭이논에서 땀과 눈물을 흘리던 우리의 부모님 세대의 지독한 가난에서 벗어난 자녀들은 대부분 도시로 떠나 현재의 시간들을 보내고 있다. 4연의 '서러움 가득 거기 숨어 운다'던 거기서 벗어난 현재의 삶에서 시인은 언어를 통해 과거의 모습과 현재의 이미지를 합성시켜 정리를 하고 잘 함축된 시로 형상화시켜내고 있다.

그것은 가난을 가난으로 객관화시키지 않고 시를 통해 현실을 타계할 수 있는 출구를 만들어내고, 막연한 과거의 모습을 은유적으로 '눈물 한 방울'로 묘사하면서 알레고리(Allegoria)를 통해 상황을 객관화시켜주고 있다.

'다랭이논, 눈물 한 방울'에서 '서러움 가득 거기 숨어 운다'는 과거의 서러움이고 눈물일 뿐, 이제 더 이상 거기서 눈물 한 방울 흘리는 일은 없을 것이라는 시공간의 이동을 한 이미지를 통해 다랭이논 자체를 과거시제인 '오래된 울음'으로 확실히 묶어놓고 있다.

6. 연곡으로 오시거든

골 자락 이어진 동네마다
연분홍 진달래 곱게 피거든
연곡 으로 오시라

살다 살다가 눈물겹게
내 살던 곳 그립거든
송사리 떼 부산하게

연곡천 오를때
오롯이 너를 품어주는

연곡으로 오시라

바람도 쉬어가고
구름도 쉬어가는
파도소리 가슴으로 와닿는 곳

그 옛날 묵은 이야기 그리운 날
내 고향 긴 제방 둑 거닐며
휘바람이라도 불자

여기는 연곡천이 있는 연곡이다. 제방둑 따라 송사리 떼가 자유롭게 유영하고 '바람도 쉬어가고/구름도 쉬어가는/파도소리 가슴으로 와닿는 곳' 시인의 고향이 연곡이다. 오래된 현실의 추억은 이미 시인의 확장된 자아를 통해 대상을 객관화하여 화자와 타자 모두 내면의 세계에 담아둘 수 만 없어 시인은 '연곡으로 오시거든'으로 시작된 초대의 문을 열고 있다.

여기서 독자들 또한 마찬가지로 문고리를 잡아당길 것인가 보고만 있을 것인가를 결정하여 초대에 응할 필요가 있다. 그 시적 장소인 연곡은 이제 대상을 객관화하여 사유의 지평을 연지 오래된 곳이다. 즉 상호간에 동질감이 형성되었다는 것이다.

연곡으로 가면? 시인은 5연에서처럼 '내고향 긴 제방둑 거닐며/휘파람이라도 불자'고 제시하고 있다. 여기서 시인의 연곡천에 대한 기억은 가난의 고통이나 허기진 결핍 타위는 없다. 그저 즐거운 추억뿐이다.

시간 속 추억의 열차가 8시에 떠나던, 밤 11시에 떠나가던 시적 이미지나 떠나간 사람들의 추억이, 시인의 앨범 속에 곱게 보관되어 있으면 그것으로 아름다운 것이 된다.

작품에서도 김병근 시인은 고향 연곡에 대한 추억을 허기진 그리움으로 가져오지 않고 누구든 초대하고 싶은 즐거움의 장소로 설정해놓고 있다. 여기서 시인의 진정한 자아(自我)는 허구와 상상의 욕망과 허기, 고통에서 벗어나 깃털처럼 가벼운 내면과 외면의 자유를 만끽하고 있는 것이다.
김병근 시인의 전체 작품을 통해 알 수 있듯 이 시에서도 유폐적인 사유의 프레임에 갇혀있지 않고, 자유롭게 벗어나서 화자와 독자가 진정으로 소통하며 함께 즐길 수 있는 작품을 전개해나가고 있다.

마지막 행에서의 '휘파람'도 짙은 페이소스(pathos)의 쓸쓸한 휘파람이 아닌 재첩 국물이나 홍합 국물처럼 시원함이 느껴지는 그런 카타르시스의 도구로 작용하고 있다.

이 작품에서는 '낯설기' 같은 기법으로 상황을 비틀지도 않으며, 시인의 내면과 장소를 자연스럽게 투영시켜내고 있기 때문에, 그 어떤 거부감이나 난해함이 전혀 느껴지지 않는 진솔함과 담백함이 드러나고 있다.

시인은 시로 말하고 함께 즐기며 놀 수 있는 '시토피아'의 세계로 독자들을 초대하고 있으며, 시를 쓸 때 비유와 상징으로 빙빙 돌려 난이도를 높이지 않고도 시를 가지고 제대로 놀 줄 안다고 할 수 있다.

7. 봄날의 고래를 본 적 있나요

거친 파도 사이로
비릿한 해풍의
날갯짓이 퍼득인다

매일 그대와
눈을 뜨고픈
아주 작은 색바램

꿈을 꾸고 있다

속절없는 한 방울 눈물
등에 짊어진
삶의 무게 버겁다

세월 앞의 불멍이다

작품 초입에서부터 중반까지 대체로 짙은 페이소스(pathos)를 느끼는 내용들이지만 기실은 더 이상 내면의 질문과 대답 속에 갇혀 유폐적 사유를 하는 것이 아니라, 시인은 이미 일정한 리듬과 장단에 몸과 마음을 실어 해방된 자아(自我)와 자유를 만끽하고 있음을 알 수 있다.

4연에서 '속절없이 한 방울 눈물/등에 짊어진/삶의 무게 버겁다'고 토로하며 눅진함을 드러냈지만 그것은 이미 마음 정리한 단계에 해당된다. 그 모든 것은 5연에서 확실하게 방점을 찍으며 '세월 앞의 불멍이다'라며 댄스 리듬 같은 불춤 속에 내면의 탁류를 씻어내고 함께 춤을 추고 있기 때문이다.

여기서 작품을 통해 창조 근원의 진리인 무아(無我, Anatman)를 느낄 수 있다. 그것은 시인이 불멍을 통해 끊임없이 변화하는 가변적 허구의 자아를 밝히고 외연 바깥으로 사라지게 하고 있기 때문이다. 그것은 불멍을 통해 바라본 내면의 붉은 마음이며 그 붉어진 마음은 세월 앞의 불멍을 에로스적인 감성으로 접근하고 있는 상태라고 할 수 있다.

여기서 시인은 스스로 내면의 패러다임을 정화시키며 변화해 나가고 있음을 알 수 있다. '봄날의 고래'라는 거대한 프레임을 설정해놓고 '거친 파도'와 '비릿한 해풍', '날개짓'으로 삶의 과정을 전개하다 '등에 짊어진/삶의 무게 버겁다'며 짓눌리는 무게감으로 괴물과 같은 고래로 둔갑되었지만, 결국 시간 속에서 그 무게감을 어내며 세월 건너 저편으로 부드럽게 밀어내고 '가벼운 그림자'의 고래로 변화시켜 내었다.

그 모든 과정이 이미 제목에서부터 화두로 제시된 상태였다. '봄날의 고래를 본 적 있나요'라고 독자에게 문(門)을 연 것은 혼자만의 비밀이 아닌 함께 동질류로서 공감대를 가져보자는 열린 마음이었던 것이다.

시인은 이미 늬엿늬엿 노구라지는 시간 속의 자아와 피곤한 육신을 챙기며, 그림자 고래는 시간이라는 열차를 타고 과거시제로 넘기고 있고, 현재 시점엔 불멍과 교감을 나누며 넘실넘실 창조적 에너지를 생성해내고 있다.

이탈리아 속담에 이런 말이 있다. "체스가 끝나면 왕王도 졸卒도 함께 체스통에 담겨진다." 솔로몬의 어록에 있는 "이 또한 지나가리라(This, Too, Shall Pass Away)"와 같은 맥락이라고 할 수 있다. 무엇이든 영원할 수는 없고 그림자는 그림자일 뿐이다.

8. 잠적

혼자만이 떠난 그 길
나를 찾아 떠난 그 길

샛바람 소리길에서 만난
시릿대 숲 자연의 소리

고요를 삼킨 풍경소리
세상을 등 진 산사가 거기 있다

언제부터 있었을까
매어진 나룻배 한 척

〈잠적〉은 도피의 의미일 수도 피신의 의미일 수도 있다. 시적으로 겉으로 나타내거나 밖으로 밀어내는 것을 표현(expression)이라고 한다. '크로체'의 표현 이론으로 직관은 사물에 대한 심상인데 그런 심상을 통해 시적 표현이 나올 수 있다고 했다.

문학은 반드시 어떤 심리적 모티브가 발현되어 창작되는 것들이 많다. 〈잠적〉도 마찬가지로 분명한 이유가 있어서 세상을 등진 채 산사로 향했을 것이다. 창작품은 무의식에서 나오는데 그것은 일상에서 어떤 좌절, 억압, 미해결의 반동기제에서 발현되는 경우가 많다.

작가들은 무의식을 표현을 통해 일상에서 의식적으로 이루지 못한 바를 작품에서 실현시키는 것인데, 심리학과 정신의학에서는 그것을 심리적 자위에 해당한다고 본다. 어쩌면 창조적으로 승화시킨 행위 자체는 스스로 극복할 수 없는 약점을 극복해낸 승리감의 표출이라고도 할 수 있다.

〈잠적〉은 종적을 아주 감추는 것인데 그것은 세상과의 인연을 아예 끊어버리는 행위를 말하는 것이다. 일시적인 '잠적'은 오히려 세상과 화해하기 위해 '자신만의 시간'을 가지고 심신의 에너지를 충전할 수 있는 회복의 기간이 될 수도 있다. 〈잠적〉은 다시 돌아올 수 있는 길을 항상 둔 채 걸어가야만 일상 회복이 가능하다. 세상에는 '무의미'한 것은 없다.

이 시에서는 〈잠적〉이 아주 떠난 '잠적'은 아닌 것으로 표현돼 있다. '혼자만이 떠난 그 길'이 '나를 찾아 떠난 그 길'이란 것도, 세상을 등진 고요한 산사에서의 꿀맛 같은 휴식을 통해 자아(自我)를 찾고 다시 돌아오겠다는 목적을 가진 '잠적'이기 때문이다.

마지막 연에서 '매어진 나룻배 한 척'은 화자의 감정이입이 주체와 객체 사이에서 흔들림 없이 나란히 서며 공감할 수 있는 풍경을 끌어와 마무리해놓은 것이다. '매어진 나룻배 한 척'은 마음 먹기에 따라 〈잠적〉의 시간이 길어질 수도 짧아질 수도 있고, 아니면 영영 돌아오지 않고 산사에서 주저앉을 수도 있는 선택의 조건이 그 나룻배를 바라보는 행인에게 주어져 있다.

화자는 나룻배를 통해 모든 암시를 드러내며 여운을 남기고 있다. '세상을 등진 산사'처럼 화자 역시 세상을 등진 채 영영 주저앉고 싶은 마음도 있고, 다시 일상으로 돌아가고 싶은 마음도 있는 그런 마음의 번 아웃(burnout) 상태이기에 휴식을 위해 산사를 찾은 것이다. 〈잠적〉은 혼자 떠나 나를 찾는 명상을 하는 것이 어쩌면 일상 회복에 더 많은 도움을 줄 수도 있다. 일상의 번잡함에서 벗어나고 싶기에 '잠적'을 하는 경우가 많기 때문이다.

9. 감자 심는 날

산비탈 너머 경사진 밭 가장자리
키 큰 봉철 아재

막걸리 한 사발에
육자배기 한 자락
괭이 춤춘다

등진 봄볕밭이랑 사이사이
씨눈 감자 덮이고

이마에 맺힌 송글송글 땀방울
이내 불어온 솔바람이 정겹다

〈감자 심는 날〉은 가장 경건한 일을 하면서 가장 즐거운 날이다. 씨감자를 칼로 자르고 재를 묻혀 흙 속에 심는 행위는, 늘 자연을 경배하며 하늘에 올리는 제천의식(祭天儀式)처럼 숭고한 순간이면서도, '막걸리' 한 사발에 '육자배기 한 자락'의 즐거움이 따르는 그런 날이기도 하다. '괭이가 춤춘다'는 것도 밭 갈고 씨 뿌리는 농부의 즐거움이요 경건한 의식이라고 할 수 있다.

〈감자 심는 날〉은 일상의 짧은 에피소드를 '얽어짜기'로 옮겨놓은 작품인데, 잡다한 이야기들 중 가장 단순한 표현들만 가져와 한편의 서정시로 구성해놓은 작품이다. 이것을 택할까 저것을 택할까 고민하지 않아도, 바람처럼 지나가는 일상의 행위에서 건져올린 '감자'라는 주제로 '괭이춤'을 추고 나면 '이내 불어온 솔바람이' 정겨워지는 것이다.

서정시와 전원문학의 전형적인 작품일 수 있는데, 전원문학은 농업활동이 주된 배경이고 화자나 등장 인물도 농업에 종사하거나 농업을 이해할 수 있는 농촌 출신일 경우가 많다. 전원문학에서 주로 등장하는 도구와 행위도 괭이, 삽, 낫, 소몰이, 삽질, 써레질, 거름주기, 지게 작대기 등이 있는데 이 작품에서는 '괭이'가 주된 도구로 등장하고 있다.

'괭이'는 정직한 도구이다. 괭이를 쥔 손에 바투 힘이 쥐어지기도 하고 때론 농사일에 지쳐 힘에 부치기도 한다. '이마에 맺힌 송글송글 땀방울'에도 '괭이춤'을 출 수 있는 것도 '막걸리 한 사발에/육자배기 한 자락'이 힘을 북돋워 '감자 심는 날'이 즐거운 '키큰 봉철이 아재'는 우리 주변에서 흔히 볼 수 있는 '달건이 아재'나 '학근이 아재'처럼, 수더분하고 텁텁한 인심 좋게 생긴 이웃들의 모습 중에서 한 인물을 차용했을 수도 있고 실존 인물일 수도 있다.

오랜 역사를 통해 내려온 우리의 '농경문화'이면서 일상에서 작은 '텃밭 가꾸기'일 수도 있는 '감자 심기'는 문학밭에 존재하는 '은근'과 '끈기'라고도 할 수 있다. 짧은 에피소드를 가져와 창작한 이 시는 사물을 이해하기 위한 복잡한 분석이나 도구가 따로 필요없고, 선택 조건이 단순하고도 명쾌한 순수 서정시라서 매우 깔끔하게 마무리가 잘 되었다.

좋은 시는 복잡한 기교와 난해한 암시성이 강한 작품이 아니라 맑고 깨끗한 느낌이 드는 그런 간결함이 있어야 한다. 〈감자 심는 날〉은 짧지만 그 어떤 시 보다도 힘이 있고 재미가 있는 작품이다.

10. 삼악산 의암호 빠지던 날

의암호 내려앉은 삼악산

잠 덜 깬 호수 위 고깃배 한 척
미끄러지듯 물 안갯속 사라진다

시간의 흐름 정지된
펼쳐진 화선지에
먹물 한 방울 붓 끝으로

일렁이는 물결 속 흩뿌린다
조금씩 번져지는 파장 속으로
아름다운 한 폭 수묵화 그려졌다

잔잔한 의암 호수
묵묵히 바라만 보았는데,
삼악산 내려앉은 아침

애틋한 그리움 하나 스며든다.

이 시는 먼저 제목부터가 〈돼지가 물에 빠진 날〉처럼 무척 이채롭다. 독자의 호기심을 자극하는 제목과는 다르게 가을 날 맑은 호수 위에 비친 산의 모습에 반한 화자는 가을 심상에 다가오는 '애틋한 그리움' 한 자락에 몸을 떨고 있다.

1연에서 호수가 잠을 깬다는 것은 짙은 물안개가 완전히 사라지지 않은 시간 아직도 눈적거리며 물이 물을 끌어당기고 있다는 것이다. 그럼에도 불구하고 3연에서 '잔잔한 의암 호수'에 '삼악산이 내려앉은 아침'은 비 개인 청명함이 서서히 물안개를 밀어내고 있다는 것이다.

흔히 말하길 산꾼들은 "산이 거기 있으니 산에 간다"고 표현을 한다. 스페인 격언에 "산은 산을 필요로 하지 않는다. 그러나 인간은 인간을 필요로 한다."는 말이 있다. 사람들과의 관계를 소중히 여기는 유럽인들의 성향이 드러나는 말이기도 하다. 실제로 그들은 여러 사람이 대화를 할 때도 얼굴을 바짝 붙여서 하는 경우가 많다.

반면에 동양인 특히 한국인들의 성향은 대화를 할 때 너무 얼굴을 가깝게 하거나 눈을 똑바로 응시하면 '건방지다'고 하거나 '쏘아본다' 또는 '좀 떨어져라'면서 불쾌한 반응을 보일 때가 많은 게 사실이다.

한국인들의 성향답게 한국인들은 '산이 거기 있으니 산에 가는' 사람들이 많다. 사람들과의 관계와 사회성을 소중하게 생각하면서도 한국인들의 성향은 개인주의 또는 이기주의가 많은 것도 사실이다. 동양적 철학과 사색, 명상을 즐기는 한국인들은 산이 좋아 산에 가고 물이 좋아 강이나 호수 또는 바다를 찾는 이들이 많다.

시인도 이 작품을 통해 2연에서 펼쳐진 '화선지에/먹물 한 방울 붓 끝으로' 한 폭의 수묵화를 그린다며 '의암호가 내려앉은 삼악산'을 시로 그려내고 있다. 그것은 전형적인 한국인의 정서와 시인의 내면을 그대로 나타낸 것이라고 할 수 있다.

서양화의 특징은 화려하게 꽉 채움에 있다면 동양화 특히 한국화는 넉넉한 여백에 있다. 그만큼 사람과 사람 사이에도 다닥다닥 붙어있는 것을 별로 좋아하지 않는 성향을 가지고 있는 게 한국인의 정서이기도 하다.

'애틋한 그리움'에 젖은 화자는 아마도 의암호와 눈이 맞아 바람난 삼악산인 듯 하다. 는적이며 서서히 잦아드는 는개비에도 불구하고 의암호에 몸을 담근 삼악산은 침묵 속에 꿈쩍도 않고 명경지수(明鏡止水)는 느릿느릿 하늘로 오른다.

이 작품에서 화자는 감각적 체험을 심상으로 파악하는 시적 상상력이 풍부하고, 시라는 매개체를 통해 즐기는 언어적 유희능력이 뛰어나다. 여기서 화자는 산과 호수의 사랑을 사실주의에 입각한 사실보다 더 독특하게 사실주의 환영을 제시함으로서, 그 시적 세계 속으로 독자들을 끌어당기는 마력에 힘이 있다. 산이 된 강과 강이 된 산은 진한 사랑을 나누고 있다.

11. 꽃

저절로 붉어지는 꽃이 어디 있으랴

저 안에 빗방울 몇 개
저 안에 바람 몇 점

저 안에 이슬 몇 방울
저 안에 보름달 몇 날

저 꽃이 저 혼자 어찌 피어났으리.

세상의 시작과 끝 알파와 오메가는 온통 붉기만 하다. 어제 본 그 일출은 여전히 오늘 아침에도 붉기만 하고, 어제 사라진 그 석양도 한 바퀴 돌아 여전히 붉기만 하다. 1연에서도 '저절로 붉어지는 꽃이 어디 있으랴'며 꽃의 예찬을 관계성에서 출발하는 화두로 시작하고 있다.

불타는 석양과 같이 매번 돌아오는 가을산의 만산홍엽(滿山紅葉)도 붉기만 하고, 어제 마신 와인과 그제 마신 복분자 술도 붉기만 하고 항구의 밤을 밝히던 홍등과 신혼부부의 침실 조명도 붉기만 하다. 4연에서는 '저 꽃이 저 혼자 어찌 피어났으랴'고 여전히 반문하고 여운을 남기며 마무리를 해 놓고 그 관계성에 진한 방점을 찍고 있다.

이 작품에선 시인의 평소 글버릇과 글솜씨인 '글투'가 그대로 드러나고 있고, 짧은 문장을 통해 여러가지 의미를 함축하여 '화살기도'처럼 메시지를 효과적으로 전달하고 있다. 마치 〈갑돌이와 갑순이는 한 마을에 살았더래요〉와 〈앞 마을에 순이 뒷 마을에 용팔이〉처럼 그 대상의 관계 설정을 확실히 하고 있는 것을 볼 수가 있다.

'저절로 붉어지는 꽃'과 '저 혼자 어찌 피어났으리'에서 보면 주어진 사물의 모방이 아닌 작가 자신의 뚜렷한 사고가 드러나고 있다. 여기서 관계성을 강조하며 메시지를 던진 시인은 자연과학을 인정하는 메카니즘 체계에 핵심을 두지 않고, 〈꽃〉에 대한 강렬한 이미지 체험을 통해 느낀 철학적 통찰력으로 화자 자신과 독자에게 반문하며 확신에 찬 꽃 예찬을 하고 있다.

2연과 3연에서 '빗방울 몇 개'와 '바람 몇 점', '이슬 몇 방울'과 '보름달 몇 날' 등의 꽃이 피기까지의 과정을 제시하며, 꽃에게 기여한 대상들에게 감사하는 표현으로 '저 혼자 어찌 피어났으리'라고 하였다. 그것은 관계성을 소중하게 생각하는 사람과 사람 사이의 삶의 방식과도 일맥상통 한다고 할 수 있다.

세상은 관계유지가 존재하는 이상 절망적이진 않다. 불 꺼진 광야에서도 어두운 밤에 불춤은 추게 마련이다. 삶에 대한 불안한 마음은 생각하기에 따라 사막 속으로 낙타를 타고 갈 수도, 지나가는 바람에 실려 초원 한복판으로 또는 남태평양이나 북대서양으로 날아갈 수도 있는 것이다.

관계와 관계에서 2022년 신냉전시대의 서막을 연 사건도 있었다. 러시아가 우크라이나를 무력으로 침공하며 화염과 불꽃을 작열시켰고, 시대의 악마 사탄의 무리들이 무고한 인명을 살상시키며 전 지구촌을 공포와 극심한 경제불황으로 내몬 최악의 막장 전쟁이 바로 그것이다. 그 또한 관계성에서 우리와 전혀 무관한 일이 아닌 것도 엄연한 현실이다.

러시아와 우크라이나 양쪽 모두 한국인들에겐 〈갑돌이와 갑순이〉 또는 〈순이와 용팔이〉일 수 밖에 없는 것도 현실인 것이다. 〈꽃〉은 세상 만물의 관계성을 함축하며 등 돌리고 외면할 수도 없는 관계 예찬의 시라고 할 수 있다.

12. 산문山門

오욕 칠정 한 보따리 버리고
산문을 나서는데

아적까정 눈짓 한번
맞춰주지 않던
바람 하나 휑하니 따라 나온다

문득 산새 소리가 그립고
온 산의 짙은 녹음 골골마다
계절이 접경으로 누워있다

텅 빈 고요함의 공허는

몸과 마음의 조화인 것을

오욕칠정(五慾七情)은 바람의 길 한복판에 서 있는 장애물일 수 있다. 산문山門을 들어올 때도 백팔번뇌(百八煩惱) 오욕칠정을 한 보따리 짊어진 채 왔지만 산문에 들어온 보람도 없다면, 여전히 놀부가 홍부 집에서 빼앗아 온 무거운 화초장(花草欌)을 낑낑대며 짊어지고 산문을 나설 수 밖에 없을 것이다.

4연에서처럼 '텅빈 고요함의 공허'와 '몸과 마음의 조화'를 느낄 수 있었다면 쑥변까지 배설한 뒤의 유쾌 상쾌 통쾌함처럼 날아갈 듯이 가벼울 것이다. 그러니 오욕칠정(五慾七情)은 바람의 길 한복판에 서 있는 장애물일 수 밖에 없는 것이다.

오욕칠정은 어쩌면 암수 교미를 하며 굴풋한 비린내를 풍기고 쾌락의 열매를 맺는 은행나무의 몸짓과 그 모습에 침을 질질 흘리며 서 있는 소나무의 부질없는 애욕(愛慾)인지도 모른다.

오욕칠정의 번뇌를 끊은 소나무는 짙은 향기를 남긴다. 향 싼 종이엔 향내가 나듯 소나무에선 솔바람 거문고 소리와 솔향기가 풍긴다. 4연의 '텅빈 고요함의 공허'와 '몸과 마음의 조화'는 멀리서 찾지 않아도 일상에서 가깝게 있고 언제든 마음만 먹으면 느낄 수 있으며 득도(得道)를 할 수 있다.

화장실 전깃불이 '터엉' 하고 나갔을 때 순간 칠흑 같은 암흑이 찾아올 것이다. 하지만 당황하지 않고 조용히 앉아 아랫배와 엉덩이에만 집중한다면 '푸우덕 푸우덕' 소리만 들리며 그 보다 더 고요한 순간이 어디 있을까. 그 보다 더 청정함이 어디 있을까. 불이 다시 켜지는 순간 명징함이 찾아올 것이다.

바닥이 드러나면 그곳엔 바닥이 있고 산 밑에도 길이 없고 산 위에도 길이 없을 때도 산에선 길이 보일 수 있다. 왜냐하면 그곳엔 길을 내는 목어(木魚)가 살기 때문이다.

생각하기에 따라 오늘을 '돼지가 물에 빠진 날'이라거나 '오늘은 좋은 날'

이라고 하기에 따라 하루 일상의 운기조식(運氣調息)이 달라질 수가 있다. 개밥그릇을 발로 차면 그걸 좋아할 개가 없듯이 사람 또한 마찬가지다. 밥그릇 건드리면 가만 있을 사람은 없을 것이다.

김병근 시인의 세계관은 산문山門에 기대어 있고 언제든 자유롭게 그 산문을 제 집 드나들듯 가볍게 여기고 있다. 그만큼 그의 세계관과 마음 집은 무겁지 않은 자유의 세계라고 할 수 있다.

만약 에드가 엘렌 포우의 〈검은 고양이〉나 색정과 타락으로 둔갑한 보들레르의 암고양이처럼 그로데스크(grotesco, 괴이함)한 시적 세계관을 견지하고 있다면, 시의 계단 자체가 굴풋하고 비릿함을 보이겠지만 김 시인의 집으로 향하는 길엔 바람결에 들리는 풍경소리만 명징하게 들릴 뿐이다.

■ 나가며

사람으로부터 편안해지려는 인간해방은 사람들로부터의 억압과 구속으로부터 벗어나는 것이다. 그러나 '인간은 사회적 동물이다'는 것을 전제로 상호간에 어떻게 하든지 관계를 엮으려 하는 것도 사실이다.

하나의 언어공동체 내에서 동일한 개념들을 이해하고 적용하기 위해서는 근본적으로 공통선(common line) 인지와 체험들을 강요할 때가 많다. 인지적 체험을 가진다는 것은 곧 현상적 의식을 가진다는 의미로 관계성 속에서 조직공동체의 규범과 질서에서 벗어나지 못하도록 사고의 틀을 경직구조로 만들어가는 것이다.

전체 120편의 시를 통해 김병근 시인의 시세계를 체험해본 결과 그는 이리저리 표류하거나 정체성이 흔들리며 타자들의 논리나 의도에 끌려다니지도 않고 자기만의 삶의 방식과 철학이 분명하게 나타나 있다.

그것은 타자들의 삶의 방식에 함몰된 일종의 로보트처럼 '행위자' 또는 '인격'이 인공물이 아닌 자아(自我)의 본체(本體)로서 책임을 다하고 있다는 뜻이기도 하다.
인공물로서의 문학적 표현은 도덕적 책임을 질 수 있는 도덕적 행위자가 될 수 없기 때문에 이 때의 인공물과 인간과의 관계는 망치 같은 도구 그 이상도 이하도 아닌 것이다.

김병근 시인의 작품은 대부분 '1인칭 시점(first person perspective)'이 전제되어 있다. 문학 작품에서 도덕적 행위의 제시된 조건이 1인칭이라면, '타자'들을 인식하지 않은 모든 것은 '나'로부터 성립되고 시작된 것이기에, 작품에 대해 철저한 책임감을 가지고 있다는 것이 된다.

김병근 시인의 작품 출발점은 '내 삶의 이야기'에 관심을 가지고 시작했지만 그 이어진 시선은 늘 세상 밖으로 연결되어 주변 타자(他者)들의 삶의 이야기까지 전개되고 있다.

그의 서정(抒情)과 심상(心象)은 인격의 필요충분조건으로서 1인칭 시점을 제시하기에 극적으로 스펙터클(spectacle)한 대서사적 드라마 같은 광대무변함은 없지만, 소박함에서 인간을 다시 묻는 인격으로서의 동일성과 자유의지가 분명히 살아있는 작품들이다.

아무리 인간은 사회적 동물이라고 하지만 설령 더 나은 사회제도가 제시된다고 해도, 인간의 양심과 인간으로서 해방의지가 담보되지 않은 상태로 이뤄진 사회에선 장미빛 미래가 없으며, 그런 세계관으로 출발한 문학 작품에선 생명력을 느낄 수 없는 것이다.

그런 점에서 김병근 시인의 서정성과 자유로운 시적 세계에서는 생명의 영속성과 함께 고향집 토담 위의 호박넝굴이나 가마솥의 누룽지 같은 순수한 인간미가 진하게 뿜어져 나오고 있다.